L'ENFANT
DE L'AMOUR

DU MÊME AUTEUR

CHEZ LE MÊME ÉDITEUR

Quand j'étais Jane Eyre, 2012.

CHEZ GALLIMARD

Un endroit de rêve, 1991.
Splash, 2001.

Sheila Kohler

L'ENFANT
DE L'AMOUR

Roman

Traduit de l'anglais par Cécile Arnaud

Quai Voltaire

Titre original : *Love Child.*
Penguin Books 2011.

www.editionslatableronde.fr

À ma mère,
Sheila May Bodley Kohler,
1908-1984.

PREMIÈRE PARTIE

1

1 9 5 6

Quelqu'un sonne à sa porte dans la chaleur de cette journée de décembre. Elle est couchée sur son grand lit, en déshabillé de soie. Qui peut bien venir la déranger un dimanche, à l'heure de la sieste ?

Ses rideaux grèges masquent l'éblouissante lumière du sud et l'étendue aride et nue du veld du Transvaal. L'été a été particulièrement précoce et sec. Une poussière rouge recouvre tout ; son odeur imprègne l'air.

Elle se détourne, ignorant la sonnerie, mais apparemment Gladys l'a entendue aussi. Par sa porte ouverte sur le palier en haut de l'escalier, elle perçoit les pas de la domestique, le grincement de la porte d'entrée, des voix qui parlent bas dans le vestibule. Gladys, qui est originaire du Cap, occupe une petite chambre à l'arrière, où elle se reposait sans doute. Malgré son âge avancé, elle est allée ouvrir avec une célérité surprenante, presque comme si elle guettait la sonnette, et la voilà qui remonte l'escalier pour annoncer le visiteur. Bill – son frère et ses sœurs l'ont toujours appelée comme ça, car petite c'était un garçon manqué – roule sur le dos et entrouvre les yeux. Appuyée au chambranle de la porte, Gladys reprend son souffle, les mains sur la poitrine.

« Qui est-ce ? Dis-leur de s'en aller, gémit Bill.

— Vous feriez mieux de le recevoir, madame », répond Gladys, réprobatrice, en secouant sa tête enturbannée.

Elle se tient bien droite dans son uniforme gris impeccable, la taille ceinte d'un tablier blanc et propre. Bill ne connaît pas l'âge exact de Gladys, la domestique le tait, comme presque tout ce qui la concerne. Métisse, elle a toujours été secrète et silencieuse ; elle garde ses opinions pour elle, ne donne des informations ou des conseils que quand on les lui demande, et encore, avec parcimonie. Comme les tantes de Bill, pour lesquelles elle a travaillé avec tant de dévouement pendant de si longues années, Gladys ne s'est jamais mariée et n'a jamais eu d'enfants. Elle a vécu toute sa vie par procuration, à travers ces Blancs.

« C'est M. Parks », annonce-t-elle. Elle prononce *porks*, puisqu'elle est de langue maternelle afrikaans, même si elle parle anglais couramment et se débrouille dans quelques dialectes locaux. Elle dit qu'elle va préparer du café et apporter ses meilleurs sablés. « Il attend dans le salon », ajoute-t-elle, ne laissant guère d'autre choix à Bill que de se lever.

Lorsque Bill entre dans la pièce, elle trouve le comptable avachi dans l'ombre, sur le fauteuil rose, dodelinant un peu de la tête, dans l'état de somnolence qui suit un repas. Son crâne chauve luit et ses épaisses lèvres roses ressortent de manière assez obscène sous sa moustache soignée, dont aucun poil ne dépasse. Au moment où il se lève pour la saluer, elle se souvient qu'il a effectivement téléphoné plus tôt dans la semaine en se proposant de passer la voir. Elle s'excuse de l'avoir fait attendre.

Il murmure qu'il espère ne pas l'avoir dérangée, en lui lançant un regard de travers. « L'affaire est assez urgente », dit-il, vague et pompeux.

Nul doute qu'il la trouve indolente et pense qu'elle vit au-dessus de ce qu'il n'hésiterait pas à appeler, même en 1956, « sa condition ». Peut-être aurait-elle dû s'habiller pour le recevoir. Elle a brossé ses cheveux et mis du rouge à lèvres, mais elle est restée en déshabillé, quand bien même il s'agit d'un kimono rouge vif, en soie raffinée, orné d'extravagantes broderies, qu'elle a acheté lors d'un voyage au Japon. Elle a aussi gardé ses mules hautes, qui claquent contre ses talons tandis qu'elle s'avance vers lui. La large manche du kimono glisse et dévoile son bras velouté quand elle serre la main sèche et potelée du visiteur.

De son côté, elle n'aime pas son ample pantalon gris à la mode sud-africaine, ni la veste trop large, aux épaules rembourrées, ni la façon qu'a cet homme de débiter des lieux communs. Évidemment qu'il la dérange, a-t-elle envie de répliquer. Pourquoi a-t-elle accepté un rendez-vous un dimanche après-midi ? Il lui a toujours paru guindé et hypocrite, même si elle sait que son mari avait confiance en lui, au point d'en faire son exécuteur testamentaire.

« Un homme d'une intelligence moyenne, mais dévoué et, surtout, honnête », affirmait son mari. Il disait toujours qu'il préférait embaucher l'élève passable, parce qu'il était souvent travailleur, ne posait pas trop de questions et causait moins de problèmes que le premier de la classe.

Lorsqu'ils sont assis l'un en face de l'autre, M. Parks lui annonce presque sans préambule qu'il est venu s'entretenir avec elle de son testament.

« Il est grand temps que vous en rédigiez un.

— Rien ne presse, si ? répond-elle, surprise, en plongeant dans son regard bleu pâle.

— La tâche n'a rien d'agréable, je vous le concède, mais il est de mon devoir de m'assurer que vous vous y atteliez au plus vite. Il est important que vous fassiez un testament, maintenant que la succession est réglée », dit-il d'un ton agaçant, remuant le café, avec un nuage de lait, que Gladys s'est apparemment crue obligée de lui offrir.

Son mari lui a laissé une fortune considérable, précise M. Parks – comme s'il en était besoin. Elle a de la chance. Grâce à son travail et à son intelligence, son époux a fait d'elle une femme très riche.

Elle n'apprécie pas particulièrement de s'entendre rappeler qu'elle doit son argent au dur labeur de son mari, ou à celui de M. Parks, qui a travaillé avec assiduité auprès de lui pendant tant d'années, comme il s'en flatte à présent sans beaucoup de subtilité mais avec une évidente suffisance. L'évocation de la richesse dont elle jouit depuis la mort de son mari suscite chez elle une certaine gêne et pas qu'un peu de honte, alors qu'elle est adossée aux coussins bien rembourrés de la causeuse retapissée de soie rose, dans le salon de l'appartement avec jardin, agrémenté d'une vue sur les collines bleues, qu'elle loue grâce à l'argent légué par son mari.

Elle n'apprécie pas non plus qu'on vienne la déranger pour lui rappeler l'inéluctabilité de sa propre mort. Tandis que son comptable se racle la gorge, dans l'attente de sa réponse, elle se demande pourquoi elle devrait l'envisager, à ce stade de sa vie.

« Je vous assure que je suis en pleine forme », dit-elle en se redressant et en rentrant le ventre. Elle a toujours été en bonne santé – merci bien. Elle n'a que quarante-huit ans, et son anniversaire, en mai, est encore loin.

« Je l'espère, croyez-le bien, dit-il, l'expression quelque peu dubitative. J'espère que vous prenez soin de vous et que vous continuerez de bien vous porter pendant très longtemps. Oserais-je dire que vous êtes dans la fleur de l'âge ? » Il la gratifie de son petit sourire affecté, qu'elle ne peut s'empêcher de trouver suggestif. Il finit son café et, baissant les yeux vers sa tasse vide, ajoute : « Cependant, on ne peut jamais être certain de ce que l'avenir nous réserve, à n'importe quel âge, et un testament permettrait d'éviter tout un tas de contretemps et d'embarras à vos héritiers. »

Elle le regarde se caresser la moustache, comme s'il passait en revue avec satisfaction les tracas qui les attendent peut-être, ses héritiers et elle. Quelle femme de son âge songe à la rédaction d'un testament par une après-midi d'été, après un copieux déjeuner composé de côtelettes, de riz et d'épinards, suivis de salade de fruits et de glace, et arrosé de quelques verres de bière ? Comment décider qui hériterait de quoi ?

De plus, elle n'a jamais été à l'aise avec M. Parks. Il lui rappelle un personnage de Dickens, même si elle ne sait plus très bien lequel – il y a si longtemps qu'elle a lu ses romans. Elle juge le comptable pompeux, compassé, bavard et pudibond. Elle ignore ce qu'il connaît de son passé. Elle le soupçonne de ne l'avoir jamais vraiment acceptée, bien qu'il se soit toujours montré d'une politesse irréprochable.

Il repose le sablé de Gladys sur l'assiette à côté de lui, tamponne délicatement sa moustache avec sa serviette en lin amidonnée pour retirer les miettes, puis lui demande d'y réfléchir sérieusement. « Vous pourriez dresser une liste de noms et noter quelques sommes d'argent. Je serais ravi de passer chez vous un jour de la semaine prochaine avec le notaire pour rédiger l'acte. Je ne pense pas que vous devriez différer plus longtemps. Rien que les bijoux méritent une attention particulière, surtout maintenant que vos fils sont presque adultes. Certains diamants ont sûrement beaucoup de valeur. À lui seul, le diamant jaune vaut une petite fortune. »

Pourquoi parle-t-il de ses bijoux et de ses héritiers comme s'ils étaient légion ? Elle est soudain prise de soupçons. « Je ne crois pas que mes fils se battraient pour mes bijoux », dit-elle avec hauteur, en rejetant la tête en arrière. Elle ne peut pas imaginer une chose pareille.

« D'après mon expérience, hélas, même les meilleurs sont susceptibles d'agir de manière imprévisible lorsqu'il y a un héritage en jeu », dit M. Parks.

Une fois encore, un long silence suit cette platitude. S'efforçant de paraître calme, Bill reporte son attention sur le plateau d'argent à côté d'elle et les resserre tous les deux, tenant l'anse d'ébène de la cafetière d'une main et celle du petit pot à lait de l'autre. Au moment où il se lève pour prendre sa tasse,

M. Parks la regarde dans les yeux, s'éclaircit de nouveau la gorge et répète que cette question doit être réglée au plus vite. L'affaire est assez simple, en définitive, puisqu'elle voudra sûrement léguer la plus grande partie de son patrimoine à ses deux fils. Il a conscience que c'est pénible pour elle, mais, après tout, la mort de son mari remonte à six mois déjà.

Un nouveau silence s'installe alors qu'elle lui renvoie son regard, s'attardant sur la tasse à moka au liseré doré, sur la petite cuillère en argent dans la paume rose du comptable. S'attend-il qu'elle lui laisse quelque chose ? se demande-t-elle soudain, consternée. Il n'oserait tout de même pas le suggérer ? Il est vrai qu'il a donné toute satisfaction à son mari et qu'il s'est montré serviable et obligeant avec elle. Est-ce la raison pour laquelle il insiste autant ? Elle n'a jamais été très douée pour les chiffres, qui roulent dans sa tête comme les billes brillantes avec lesquelles, étant enfant, elle jouait par terre en compagnie du petit garçon de la domestique de sa mère.

Elle le regarde se rasseoir avec raideur et rajuster les plis de son pantalon. « Je ne crois pas que mes fils auront besoin de plus d'argent, dit-elle. Leur père leur en a déjà laissé pas mal.

— Une petite fraction d'une grosse fortune. Il présumait sans doute que le reste leur reviendrait à votre mort.

— Je vais devoir penser à ma famille », déclare-t-elle sans le regarder. Depuis que ses fils sont partis en pension, elle a cherché la compagnie des siens. Malgré sa fortune et la position de son mari, la bonne société de Johannesburg l'a snobée. Elle n'a vu personne d'autre que son frère et ses sœurs, auxquels

elle se confie depuis son jeune âge. Eux seuls connaissent toute l'histoire ; ils sont les gardiens de ses
nombreux secrets.

« Votre famille ? » s'étonne le comptable.

Elle se souvient alors, en prenant une gorgée de
café, qu'elle les a invités à déjeuner le lendemain.

M. Parks se penche vers elle en tirant sur les jambes de son pantalon, et la ramène à l'instant présent.
« Votre mari aurait sûrement voulu que son argent
aille à ses enfants à lui », dit-il. Ses cils blancs papillo-
tent sur ses yeux bleu pâle et protubérants. Il caresse
sa moustache avec le pouce et l'index et tire sur son
épaisse lèvre supérieure.

Elle est incapable de répondre. Sa tasse tremble
dans ses mains. Les rideaux, le tapis mauve à fleurs,
le plateau d'argent et les pots à anse d'ébène, même
les tableaux de Pierneef aux murs se mettent à tourner autour d'elle. L'espace d'un instant, elle craint
de s'affaler par terre.

Elle se demande ce qu'il sait d'elle. Elle se redresse,
se cale contre les coussins roses ventrus et porte la
tasse à ses lèvres. Du café au lait lui dégouline sur le
menton et glisse dans le décolleté de son déshabillé
rouge. Elle l'essuie rageusement puis se lève, déter-
minée à ne pas se laisser embarquer dans une confes-
sion. Ni lui ni personne ne l'obligeront à agir contre
son gré. Laisser autrui interférer dans sa vie est source
de grand malheur.

« Je vous suggère simplement de bien réfléchir à
tout ça », reprend-il, les yeux baissés vers le tapis.

D'un ton hautain, elle déclare qu'elle doit vraiment se reposer, comme elle le fait tous les jours à

cette heure, d'autant que c'est dimanche. Elle le remercie pour ses conseils.

« Des conseils donnés dans votre intérêt, comme toujours », précise-t-il, apparemment offensé, en se levant pour prendre congé. Elle l'abandonne dans le vestibule, où il récupère son chapeau gris à ruban, que Gladys époussette soigneusement, avant de le lui rendre.

Pendant que Bill remonte l'escalier courbe, une main sur la rampe blanche, elle les entend conférer à voix basse dans l'entrée. Que peuvent-ils bien se dire ? M. Parks murmure quelque chose à propos des sablés de Gladys, puis autre chose qu'elle ne comprend pas. Elle entre dans sa grande chambre, à la moelleuse moquette de couleur crème, et la traverse d'un pas rapide, ses boucles brunes lui retombant dans les yeux. Elle ouvre le tiroir central de sa coiffeuse, tâtonne au fond à la recherche du ressort secret et sort la boîte de Craven « A » en fer-blanc dans laquelle elle conserve certains de ses bijoux. Elle la soupèse, éprouvant son poids, entend le tintement rassurant. Après avoir fermé les doubles rideaux pour bloquer la lumière, elle s'allonge sur son grand lit, un bras en travers de son visage. Mais elle ne parvient pas à se reposer. Le chagrin la prend à la gorge comme un voleur.

Elle pense aux femmes dans sa vie : sa mère, ses trois tantes célibataires, Gladys, ses sœurs, Helen. Elle a toujours été entourée de femmes qui préservaient leurs secrets en les gardant dans des endroits obscurs et silencieux, mais les secrets ne les ont pas préservées. Ils les ont tourmentées, rongées de l'intérieur et lentement détruites.

Et voici que des images l'assaillent les unes après les autres, arrivant de toutes les directions comme des bêtes sauvages chassées de leur abri. Elle se rappelle très clairement ce qui s'est passé l'après-midi où sa mère lui a demandé d'aller chercher son père à son travail. Elle les revoit tous, à cet instant, dans la maison de R Street. Bien qu'elle l'ait quittée il y a de très nombreuses années, elle se souvient distinctement de chaque pièce : même le couloir sombre menant à la cuisine et le jardin de derrière où brûle le brasero de la domestique.

2

1925

LEUR mère envoyait souvent l'une de ses trois filles – Pie, Bill ou Haze – chercher son mari pour le ramener chez eux. Effrayée par les grands espaces, elle quittait rarement l'étroite maison de R Street, où ils avaient tous grandi. Elle passait la majeure partie de son temps couchée dans sa chambre du rez-de-chaussée, volets fermés et porte ouverte, le gros chat roux de Haze à côté d'elle, et appelait ses enfants d'une voix plaintive pour qu'ils viennent la réconforter. Même flanquée de ses chères filles, elle avait peur d'aller en ville.

C'était le genre de femme qui vivait la moindre contrariété comme un drame, et qui réclamait alors son mari en joignant les mains et en s'écriant : « Robert ! Robert ! Oh, où est mon Rob ? » Quand une canalisation éclatait, que la bonne entrait avec la tête en sang, ou que le petit Charles, son seul fils, qu'elle surnommait Chuckie, se plaignait d'avoir mal au ventre, elle envoyait en toute hâte une de ses filles prendre le tram pour aller lui chercher son Rob en ville. À cette époque, il n'y avait pas le téléphone.

La petite maison en désordre grouillait de monde. Bill se rappelle l'odeur de sueur, de détergent, d'antiseptique, et celle de la cire rouge qu'on passait à la main sur le parquet. Pendant des années, les trois filles avaient dormi dans la même chambre mansardée et étouffante. Elle occupait le lit du milieu, le meilleur, sous la fenêtre et le ventilateur. Ses sœurs avaient été installées de chaque côté, sous les murs pentus, comme si on avait pensé à elles après coup. Leur chambre donnait sur le petit jardin de derrière, avec sa glycine qui poussait le long du mur, le mûrier noir, les parterres de roses de son père, la chambre de la domestique, le brasero où celle-ci faisait cuire sa bouillie de maïs, et les toilettes.

Le jeune Charles occupait une chambre minuscule voisine de la leur, mais passait la plupart de son temps avec elles, et dormait même parfois dans le lit de l'une ou de l'autre. Petit, chétif, il était souvent malade, et ses grandes sœurs le gâtaient depuis sa naissance. Dès qu'il ne trouvait pas quelque chose, il venait le chercher dans leur chambre : des ciseaux, des chaussons, voire une chemise. Il aimait bien se déguiser avec leurs vêtements, leur demander de l'aider ou simplement s'étendre sur leurs lits pour les écouter papoter. Elles étaient toutes les trois très bavardes.

Les parents de Bill dormaient dans l'étroit lit double du rez-de-chaussée ou, plus souvent, son père s'installait sur le canapé de cuir du salon qui servait aussi de salle à manger quand il y avait des invités. La plupart du temps, toute la famille s'entassait dans la cuisine bruyante, qui avait été ajoutée à l'arrière de la maison. Les vitres étaient sales, le lino éraflé et, sur la table recouverte de sa nappe à carreaux tachée, la coupe de fruits trop mûrs attirait les mouches. Les trois filles passaient de longs moments ensemble dans la grande baignoire de l'unique salle de bains, à babiller.

Leur mère employait une bonne à tout faire malpropre et inefficace, qu'elle surchargeait de travail. Elle astiquait le carrelage rouge de la véranda et faisait la lessive de toute la maisonnée, en commençant à l'aube. Leur mère racontait lui avoir un jour conseillé de se laver les mains après avoir utilisé les toilettes. L'autre avait protesté : « Mais je touche pas jamais rien, madame ! »

La petite chambre de la bonne se trouvait à côté des toilettes, pourvues de deux trous, où les filles pouvaient s'asseoir ensemble et pérorer en faisant leurs besoins. Il n'y avait aucune intimité. Bill se souvient qu'elle faisait semblant d'être une sorcière pour effrayer Haze, la plus jeune : elle émettait des bruits angoissants et menaçait de remonter par le trou pour lui voler ses parties intimes. « Je viens te prendre ta zézette », disait-elle d'une voix de fausset.

Les portes claquaient du matin au soir, et les murs n'étaient pas épais. Les enfants entendaient leur mère pleurer la nuit.

Celle-ci leur racontait qu'elle avait été autrefois une jolie fille gâtée et rêveuse, à la chevelure épaisse, aux mains et aux pieds menus dont elle était fière, à qui l'on n'avait jamais appris à cuisiner, à faire le ménage ou à se débrouiller toute seule. Elle était incapable d'épargner, de tenir ses comptes en ordre ou de ne pas se faire voler par les commerçants. Elle n'avait aucun sens de l'organisation et n'arrivait pas à se lever le matin, si bien qu'elle se reposait beaucoup sur ses filles. On ne pouvait pas la laisser seule très longtemps.

Alors que Bill avait à peine dix ans, son père lui avait dit un jour en confidence : « Tu dois aider ta mère, elle n'a jamais su comment s'occuper d'une ribambelle d'enfants. »

Leur père avait des idées bien arrêtées sur de nombreux sujets et pouvait se montrer extrêmement buté quand il s'échauffait, surtout lorsqu'il s'agissait de sa fille préférée, Bill. C'était un homme doux, raisonnable et dénué d'ambition, un bon père et un mari fidèle et dévoué, qui travaillait dur dans l'industrie du diamant pour entretenir sa nombreuse famille. Il ne buvait jamais plus d'un verre de bière au dîner et adorait ses roses, qu'il soignait et arrosait assidûment, tout en marmonnant que personne ne devrait en faire pousser en Afrique, c'était trop difficile. Cependant, il faisait de Bill ce qu'il voulait.

Quelle était l'urgence, ce jour-là ? Elle ne sait plus. Elle se souvient juste qu'au moment où sa mère l'appela, elle était allongée sur son lit, en robe de chambre, et discutait avec Pie en mangeant des bonbons après le déjeuner. En rouspétant, elle enjoignit Pie d'y aller à sa place. Mais c'était Bill que sa mère réclamait. « Bill, viens me brosser les cheveux », avait-elle coutume de dire. Ou « Masse-moi le dos, tu veux bien, mon petit cœur ? », en soutenant que Bill réussissait comme personne à la soulager.

Sur le seuil de la chambre de sa mère, Bill lui demanda ce qu'elle voulait, encore. Sa mère lui dit d'enfiler son manteau et son chapeau et d'aller chercher son père. « Vite ! Vite, chaton !

— Il n'y a pas le feu », répondit Bill.

C'était une journée froide du mois d'août, peu après la visite du prince de Galles en Afrique du Sud, qui avait causé tant d'agitation dans la maison, où la famille royale britannique était tenue en haute estime et où ses plus menus faits et gestes étaient suivis avec beaucoup d'intérêt. Aux actualités filmées, Bill avait vu le jeune et séduisant prince passer dans sa voiture et assister à une danse traditionnelle.

Le père de Bill parlait de l'Angleterre comme de son pays, bien qu'il n'y fût jamais allé. C'était sa grand-mère, miss Pritchard, une gouvernante, qui était venue en Afrique du Sud avec les colons de 1820. Une photo de l'aïeule trônait sur la commode de son père, coiffée d'un bonnet, l'air lugubre. Elle était originaire de Cornouailles, dans le sud-ouest de l'Angleterre.

Le père de Bill méprisait les Afrikaners, qu'il considérait comme des paysans arriérés et dépourvus d'éducation, parlant une langue sans grammaire établie, une espèce de néerlandais abâtardi. Il croyait qu'ils vivaient dans des maisons au sol de terre, pratiquaient l'inceste dans leurs fermes isolées et frappaient les indigènes avec des *shambocks*. Il avait été consterné quand les nationalistes d'Hertzog avaient gagné les élections de 1924, battant Smuts, qui soutenait les propriétaires anglophones des mines et qu'il admirait malgré ses origines boers.

Mais à dix-sept ans, Bill ne s'intéressait pas particulièrement à son histoire familiale, au passé de son père, à la grand-mère de celui-ci, ni même à la sienne. Seuls comptaient pour elle le présent et l'avenir, celui qu'elle allait se forger et qui serait bien différent. Elle rêvait que quelque chose de nouveau et d'inconnu entrait dans son existence monotone et protégée. Elle voulait de l'excitation, et même du danger. Elle était impatiente et téméraire. Elle avait envie de tomber amoureuse.

À contrecœur, elle fila prendre le tram pour aller en ville, comme tant de fois auparavant. Elle savait que son père ne serait pas enchanté de rentrer à la maison. Elle descendit la grand-rue en courant, passa la porte de l'immeuble où il travaillait et grimpa l'escalier. Le gardien sourit quand elle lui annonça qu'elle venait chercher son père. « Encore », dit-il, avant de lui ouvrir la porte de la grande salle où les experts en diamants accomplissaient jour après jour leur tâche délicate et minutieuse. À l'aide d'une loupe, ils examinaient de grands tas de pierres précieuses et les triaient avec des gestes rapides. Son père lui avait raconté plein d'histoires à propos des célèbres diamants découverts dans la mine Premier de Johannesburg, comme ce jour où ils s'étaient lancé l'énorme Cullinan non taillé à travers cette salle, telle une balle de tennis.

Dans ce métier, disait-il, il fallait faire preuve d'une vigilance constante, ne jamais commettre d'erreur, et il arrivait que l'on ressente le frisson que provoque une découverte extraordinaire. Elle supposait qu'il était compétent : c'était un homme méticuleux, travailleur, d'une honnêteté scrupuleuse, qui avait l'œil pour les pierres précieuses.

Il ne fut pas le seul à lever la tête quand elle entra dans la pièce et s'adossa à la porte, examinant cette foule d'hommes au travail. Elle savait que, des trois filles de son père, elle était la plus jolie, avec ses grands yeux lumineux, ses soyeuses boucles brunes, ses chevilles fines, ses mains et ses pieds délicats. Ce jour-là, coiffée de son chapeau cloche rose légèrement penché de côté et chaussée de sandales, elle se sentait particulièrement jolie. Son manteau marron ajusté soulignait la silhouette gracile qu'elle avait obtenue en s'affamant pendant des mois.

Une journée d'hiver dans le haut Veld à la lumière dorée. Debout à l'entrée de la grande salle, qui était remplie d'une odeur de poussière et de soleil et d'un brouhaha de voix masculines, elle regarda les hommes les uns après les autres. Elle sourit à son père qui lui rendit son sourire, mais ne se leva pas. Il n'était sûrement pas pressé de rentrer à la maison, où l'attendait Dieu sait quelle calamité. Elle ne l'était pas non plus.

Elle avait conscience de la lumière éclatante et d'Isaac, assis au milieu des autres, le long du mur près de la fenêtre. Sa barbe et ses cheveux roux accrochaient un rayon de soleil tandis qu'il se penchait sur le petit tas de diamants devant lui. Mais ce qu'elle remarqua surtout, ce furent le mouvement de ses mains, rapide et régulier, et ses longs doigts agiles.

Pie lui avait raconté qu'un jour où elle était allée chercher leur père au travail, elle avait entendu le jeune homme s'adresser à lui. « Il a une voix si douce, lui avait-elle dit dans un murmure. Il pourrait me plaire. Mais il est peut-être juif, et si c'est le cas, papa ne sera jamais d'accord. »

Bill avait entendu son père tenir des propos contradictoires sur les juifs. Parfois, il parlait d'eux avec une admiration réticente. « Il fait partie du peuple élu », disait-il d'un ton ironique, en évoquant tel ou tel

homme d'affaires, comme Barney Barnato, un associé
de Cecil Rhodes, qui avait gagné beaucoup d'argent.
Il se moquait d'« Hoggenheimer », la caricature du
magnat du diamant, connu pour couver jalousement
sa fortune. Il semblait avoir peur de l'influence des
juifs. Dans sa bouche, réussir une transaction, c'était
« juifer » quelqu'un. Quant à Johannesburg, il disait
qu'elle était en train de devenir « Juifburg », envahie
d'immigrés juifs impossibles à assimiler, qui parlaient
une langue étrangère, ne se mélangeaient pas et se
promenaient avec de longues barbes et des petits chapeaux noirs sur la tête. Il reconnaissait cependant que
c'étaient à eux qu'on devait la vie culturelle de la ville
– le peu qu'il y en avait à l'époque –, la musique, la
peinture et le théâtre.

Aux yeux de Bill, les juifs apparaissaient comme
des personnages exotiques et quelque peu dangereux – interdits, et donc attrayants. Elle s'avança vers
le bureau d'Isaac et se percha sur le bord comme si
de rien n'était, en balançant ses jambes. Il leva les
yeux et lui sourit. Retirant une de ses chaussures, elle
exhiba sa cheville fine et son pied menu aux ongles
orange vif.

« Désolée », dit-elle en faisant mine d'ôter quelque chose de sa sandale. Puis elle se releva et rajusta
son chapeau. Il ne la quittait pas des yeux. Pleine
d'audace, elle lui rendit son regard, s'attardant sur
ses épais cheveux roux, un peu longs, qui bouclaient
autour de son visage étroit. Ce qu'elle découvrait lui
plaisait : les yeux mystérieux, vert foncé, aux paupières tombantes, la courbure délicate du nez, la peau
claire, pleine de taches de rousseur, et la bouche sen-
suelle.

Il savait sûrement qui elle était, bien qu'à la voir – petite, les cheveux bouclés, bien proportionnée – on aurait pu la prendre pour une de ses sœurs à lui. Il devait aussi sûrement savoir qu'elle ne serait pas la bienvenue chez lui, pas plus que lui, malgré sa carrure athlétique, ses boucles d'un roux doré, sa voix musicale et la poésie qu'il connaissait par cœur, ne serait le bienvenu chez elle.

La lumière derrière lui illuminait ses cheveux et sa barbe, et le tissu chatoyant de son gilet gris, qui épousait son large torse. Pendant un instant encore elle le regarda dans les yeux, avant de déclarer d'un ton désinvolte, comme s'ils avaient été présentés : « À bientôt. » Alors qu'elle marchait droit vers son père, en roulant légèrement des hanches dans la salle poussiéreuse pleine d'hommes penchés sur leur tâche fastidieuse, elle eut l'impression de traverser un lieu brillant et animé, un bazar oriental, resplendissant de vie et de lumière.

Son père leva les yeux et dit : « Eh bien, si ce n'est pas mon chaton qui vient me chercher. Un problème à la maison ? » Il la gâtait et lui rapportait souvent des petits présents qu'il savait qu'elle aimait : une boîte de ses chocolats préférés, une rose épanouie de son jardin, un ruban de couleur vive pour ses cheveux brillants. Ce fut la dernière fois qu'ils sortirent ensemble du bureau, en se tenant le bras.

3

1956

ELLE se demande ce qu'elle devrait dire à sa famille. Mieux vaut peut-être ne pas mentionner le testament. M. Parks a peut-être raison : elle devrait léguer sa fortune à ses deux fils, maintenant âgés de quinze et dix-sept ans, bien que son mari leur ait déjà laissé un petit capital pour payer leurs études. Oui, M. Parks a sûrement raison : son mari a gagné cet argent et il aurait voulu qu'il leur revienne.

Ses deux fils lui manquent terriblement. Dès leur jeune âge, ils ont souhaité être envoyés dans un pensionnat onéreux, un choix que son mari a trouvé judicieux. Mais elle se souvient d'eux quand ils étaient tout petits et qu'ils échappaient à leur gouvernante pour trottiner jusqu'à sa grande chambre. À cette heure, son mari était déjà parti travailler et elle prenait son petit déjeuner au lit. Encore à moitié endormis, ils arrivaient en pyjama, pieds nus, leurs cheveux blonds ébouriffés, leur peau chaude et parfumée. Elle leur permettait de sortir ses bijoux de leur tiroir secret, de grimper sur son lit et de les étaler sur les draps froissés au milieu des miettes de pain. Elle passait les bijoux à leurs petits doigts, à leurs orteils, et les entrelaçait dans leurs cheveux. Ses fils sur ses genoux, elle leur chantait : « Des bagues à leurs doigts et des grelots à leurs pieds, la musique partout va les accompagner. » Elle les trouvait tellement adorables, allongés là, riant, dans le soleil.

Elle jette un coup d'œil à sa montre en or et diamants, posée sur la table de chevet. Si elle se dépêche, elle arrivera peut-être à l'heure pour l'office du dimanche soir au pensionnat. Ce jour-là, les parents ont le droit de passer une demi-heure dans le jardin avec leurs enfants. Bien sûr qu'elle devrait y aller. Pourquoi n'y a-t-elle pas pensé plus tôt ? Elle va s'habiller et demander au chauffeur de la conduire immédiatement. Elle apportera aussi quelque chose à manger à ses fils, même si c'est interdit. La nourriture servie à l'école est épouvantable, et les garçons en pleine croissance ont toujours faim.

Elle se penche par la balustrade blanche du palier et appelle Gladys. Peu après, elle entend les pas lents et le halètement de la domestique dans l'escalier. Elle attend la vieille dame dans sa chambre.

Bill l'aurait bien renvoyée depuis longtemps avec une pension de retraite, mais Gladys a refusé de partir. Apparemment, elle préfère rester dans le grand appartement confortable de Bill et dans la sécurité de sa petite chambre à l'arrière, qu'elle garde impeccable, avec ses napperons blancs sur la commode, le dossier et les accoudoirs du fauteuil, avec sa grosse bible en afrikaans sur la table près du lit étroit et, dans leur cage blanche, ses deux canaris, Paul et Gezina, nommés d'après Paul Kruger et sa seconde femme. Elle en sort le matin quand Bill a besoin d'aide pour s'habiller et s'y retire presque toutes les après-midi avec sa couture et les deux biscuits qui constitueront son dîner. Bill s'étonne toujours de la voir manger si peu. Parfois, un neveu, grand et bien en chair, lui rend visite le dimanche après-midi. Il s'assoit sur un tabouret dans la cuisine, son chapeau dans les mains, souriant, et lui parle en afrikaans. Il boit du thé dans une tasse en fer-blanc, se gave des meilleurs sablés de Gladys puis s'en va, sans doute lesté d'une bonne partie des gages de sa tante.

Bill lui demande de lui apporter son tailleur de soie mauve, son chapeau de paille à large bord fleuri, ses gants de chevreau roses à boutons, et de venir l'aider à s'habiller. Elle va se rendre à l'office à la cha-pelle de l'école et doit se dépêcher si elle ne veut pas arriver en retard. Gladys l'aide à enfiler et remonter sa gaine élastique à baleines et dentelle et l'ajuste sur ses hanches, fixe ses bas à ses jarretelles, glisse à ses pieds ses chaussures à hauts talons, lui passe son tailleur, accroche son collier de perles à son cou, pose son chapeau comme il faut sur sa tête et lui pou-dre le nez. Au dernier moment, Bill lui demande de lui apporter ses grosses boucles d'oreilles de diamant jaune, en forme d'étoiles, rangées dans son tiroir secret, parce que ses fils disaient autrefois qu'elles ressemblaient à des pâquerettes.

« Très joli », dit Gladys, qui transpire un peu, en admirant son œuvre. Elle contemple Bill avec une fierté de propriétaire, comme si elle était personnel-lement responsable de sa beauté, de son élégance, de sa vie tout entière ; et Bill estime que c'est à Gladys qu'elle doit en effet tout ça. Elle la remercie pour son aide et, sur une impulsion, malgré son grand chapeau, se penche pour embrasser la vieille domestique sur sa joue remarquablement lisse.

Elle laisse Gladys retaper le lit et descend dans la vaste cuisine lumineuse pour voir ce que le cuisinier pourrait lui donner à emporter à ses fils. Ça sent bon le poulet rôti.

« Ils sont cuits ? » demande-t-elle. Le vieux Zoulou ne daigne pas lui répondre et se contente de marmonner dans sa barbe. Parfois, en l'entendant ronchonner et rabrouer les deux autres employés, elle se dit qu'il ne vaut pas les tracas qu'il lui cause. Il se dispute en particulier avec Gladys, qui connaît tous les secrets de la première vie de Bill.

Il arrive même que le cuisinier se montre grossier avec elle, mais il adore ses fils. À moitié aveugle, John met parfois du sucre à la place du sel sur les rôtis. Et bien qu'il travaille pour elle depuis de longues années, il parle très mal anglais. Pour l'heure, l'air dubitatif et fâché, il s'affaire au-dessus du fourneau, puis donne de brusques coups de chiffon sur les surfaces, faisant bruisser son uniforme amidonné. Il a des idées bien arrêtées. Il met un point d'honneur à préparer à l'avance le déjeuner du lendemain, auquel elle a convié toute sa famille. Les sœurs de Bill l'exaspèrent, mais moins que son frère, qu'il considère, elle le sait, comme un fouineur, un usurpateur, un parasite.

Campé devant son fourneau – sa chasse gardée –, il soutient le regard de Bill, le visage digne et froid, les bras croisés. Elle le pousse du coude, ouvre le four et regarde à l'intérieur. Les poulets paraissent bien gras, d'un brun doré et tendres. « Ils m'ont l'air parfaits », dit-elle, et elle ajoute qu'elle veut emporter la moitié d'une volaille pour les enfants.

À la mention des garçons, l'expression du cuisinier change. Il secoue la tête lentement et tristement, comme toujours quand elle parle d'eux, et marmonne ce qu'elle devine être : « Les pauvres *n'kosasaan.* » Il n'a jamais approuvé leur départ en pension ; il craint qu'on ne leur donne pas assez à manger là-bas et qu'ils maigrissent. C'est vrai qu'elle les trouve amaigris, surtout Phillip, le plus jeune. Elle peut compter ses côtes quand il enlève sa chemise.

Le cuisinier embroche le plus gros poulet et le tient au-dessus d'une casserole pour laisser s'écouler la graisse. Elle proteste, disant qu'il n'y aura pas assez à manger pour le lendemain et que la moitié du plus petit suffira, mais il secoue la tête et l'emballe avec soin.

Il a accompagné ses fils jusqu'au bus de ramassage scolaire et porté leurs cartables comme des *assegais* sur ses épaules, à l'affût de *skelms.* Il les a emmenés au fond du jardin et leur a raconté des histoires palpitantes à propos de la puissante armée zouloue et des grandes batailles qu'elle a livrées. Ils savent tout sur Shaka et son demi-frère Dingane, sur le massacre de Weenen.

Il dit qu'il trouvera autre chose à leur servir lundi. Et maintenant il insiste pour envelopper en plus quelques pommes de terre et glisse des gâteaux dans le panier d'osier.

Alors que la voiture, conduite par le chauffeur, se remplit d'odeurs délicieuses, Bill se sent soudain plus gaie. Elle va leur faire une surprise, et ils seront fous de joie de la voir. Ils dîneront ensemble, au fond du jardin de l'école, après le service religieux. Elle salive à l'idée de manger en compagnie de ses fils et peut-être d'autres pensionnaires affamés, de partager la nourriture qu'elle apporte, de distribuer de bonnes choses autour d'elle. Cela fait si longtemps qu'elle ne les a pas vus, pas serrés dans ses bras, qu'elle ne les a pas entendus rire de plaisir. Ils comptent tellement pour elle. Elle a même un petit peu peur d'eux. Elle craint que, à l'instar de M. Parks, ils n'aient pas une très bonne opinion d'elle. Pendant le trimestre, ils n'ont qu'une permission de sortie tous les quinze jours, le temps d'un bref dimanche à la maison, durant lequel le cuisinier les gave de nourriture et elle les exhorte à s'allonger dehors au soleil pour se détendre sans leurs livres.

Soudain, tout lui paraît simple : demain, elle appellera M. Parks à son bureau pour lui dire qu'elle suivra son conseil. Elle léguera évidemment son argent à ses fils. Ils se partageront les bijoux et les meubles restants sans l'aide de personne. Elle leur a toujours dit que tout ce qu'elle possède en ce monde est à eux et qu'elle ne vit que pour eux. Il est inutile de parler de son testament à sa famille ou à quiconque. Cela restera un secret, elle insistera là-dessus auprès de M. Parks, et à sa mort – sûrement dans très longtemps – elle ne se souciera pas de ce qu'ils penseront. Peut-être devrait-elle un jour se confier à ses fils, ou du moins leur parler un peu de sa vie d'avant. Ils comprendront peut-être. Qui sait, même, s'ils ne trouveront pas son histoire romantique, à condition qu'elle la raconte comme il faut en omettant une chose ou deux.

Elle dit au chauffeur de se dépêcher. Elle ne veut pas arriver en retard à l'office. Le crépuscule approche. La lumière dorée et un nuage rose de pollution planent au-dessus de la ville. Ils sont pris dans la circulation du dimanche après-midi. La nuit tombe si vite ici ; soudain, c'est presque la fin de la journée, une heure triste, qu'elle n'aime pas.

Elle voit une petite Noire dans la pénombre au bord de la route, tel un présage, qui lève sa tasse d'un geste implorant, et elle se rappelle avoir un jour promis à Phillip, au cœur si sensible, de donner quelque chose à tous les mendiants qu'elle verrait. Elle demande au chauffeur de s'arrêter et ouvre sa fenêtre pour tendre à la fillette une pièce et un gâteau qu'elle a pris dans son panier. Elle remarque ses pieds sales, à la peau craquelée, sa robe dépenaillée.

Et soudain, comme tombée d'un ciel plombé, apparaît une nuée de petits mendiants, qui soulèvent la poussière de leurs pieds nus et se pressent contre la portière en réclamant des pièces. Elle se dépêche de refermer sa fenêtre et ils martèlent la vitre à grand bruit, menaçants, de leurs petits poings collants. « Accélère », ordonne-t-elle. Le chauffeur n'a pas besoin de se le faire dire deux fois. Par la lunette arrière, elle regarde la masse des enfants affamés, semblables à de petits fantômes, qui disparaissent dans la poussière du crépuscule.

4

1925

ELLE revoit encore Isaac, grand, mince et fort dans le clair de lune, qui lève les yeux vers la fenêtre et arme le bras pour lancer un autre caillou, ou peut-être une petite motte de terre, contre la vitre de la chambre de derrière. Il est si jeune ! Pas beaucoup plus âgé qu'elle, qui a dix-sept ans. Elle soulève la fenêtre, passe la tête dehors et lui fait signe.

Elle était restée éveillée la soirée entière, tout habillée sous ses couvertures. Sa petite valise était déjà prête et cachée dans le placard. Elle attendait le signal d'Isaac. Dès qu'elle entendit le petit impact sur la fenêtre, elle bondit, alors que ses sœurs dormaient à poings fermés.

Elle se glissa par la fenêtre de la chambre dans la chaude nuit d'octobre éclairée par la lune, sa robe légère battant autour de ses mollets, un foulard diaphane noué autour de la tête. Ses chaussures à talons et sa valise en carton atterrirent sur le sol, tandis qu'elle dégringolait le long de la glycine, pour tomber dans un parterre de roses de son père et dans les bras ouverts de son amoureux. Elle essaya de ne pas pouffer de rire quand la barbe d'Isaac lui piqua la joue. Il l'embrassa, empoigna la valise pendant qu'elle enfilait ses chaussures, et ils coururent ensemble dans l'obscurité jusqu'à la voiture qui attendait.

Isaac avait convaincu son cousin d'abord de lui apprendre à conduire et ensuite de lui prêter son véhicule, une Chevrolet bleue décapotable. Certains weekends, ils étaient partis en escapade avec lui et une bande de joyeux jeunes gens : tous entassés dans la voiture, ils quittaient la ville pour rejoindre les rives du Vaal, où ils nageaient, batifolaient, pique-niquaient sous les saules pleureurs au bord de la rivière.

La voiture avançait à présent en bringuebalant. Malgré les leçons de conduite prétendument données par le cousin, Isaac, dans son excitation, semblait avoir du mal à contrôler les pédales et le volant, tout en gardant un bras passé autour des épaules de Bill, qu'il serrait contre lui, et en tournant la tête pour lui parler.

Comme elle l'avait découvert lors de leurs quelques rendez-vous secrets, Isaac aimait beaucoup parler. Féru de mots, il était aussi beaucoup plus cultivé qu'elle : il avait lu les classiques. Il l'avait énormément impressionnée lorsqu'il avait affirmé, lui envoyant le coude dans l'œil en voulant passer le bras sur le dossier de son siège, qu'il préférait la littérature russe à la littérature française, comme s'il maîtrisait intégralement les deux. « Les Russes ont une âme », avait-il dit de sa douce voix de basse. Elle avait pleuré, à cause du coup dans l'œil et à la pensée qu'il avait lu tous ces beaux livres. Tout ce qu'elle avait lu, c'étaient des romans anglais du XIXᵉ siècle écrits par des femmes, et encore pas beaucoup.

Il avait des tas d'idées et d'opinions tranchées sur différents sujets et adorait disserter longuement sur l'histoire mondiale – en particulier l'histoire de l'Afrique du Sud, prétexte à des comparaisons entre les mérites respectifs de Jan Smuts et de James Hertzog, comme s'il les connaissait intimement. Il s'intéressait particulièrement à Rhodes, qui avait connu son père et qu'il admirait.

Même en cet instant, il parlait. Il lui raconta sa fuite in extremis de chez lui, se plaignit des bavardages frivoles et interminables de ses sœurs, de la sollicitude de sa mère à la table du dîner, de l'arrivée tardive de son cousin, qui l'avait mis en retard. « J'ai cru ne jamais pouvoir m'échapper », conclut-il. Il faisait son *kvetch*, comme il disait, et ne se concentrait pas sur la route.

Par moments, elle devait elle-même saisir le volant pour éviter une autre voiture ou un fossé. Son long foulard gris voletant follement autour de son cou, il conduisait trop vite et en zigzag, tandis que tous deux riaient aux éclats dans le clair de lune. Malgré les injonctions de son père, les lamentations incessantes de sa mère et la vigilance de ses sœurs, malgré la mère anxieuse d'Isaac et ses sœurs pot de colle, malgré les préjugés absurdes des deux côtés, ils avaient réussi à s'enfuir.

Il l'avait demandée en mariage la première fois où ils avaient été seuls. Dès qu'il l'avait aperçue à son travail, il lui avait écrit une lettre pour lui dire qu'il voulait absolument la revoir. Il lui avait fixé rendez-vous au lac du zoo. Son ton plein d'autorité l'avait séduite.

Elle l'avait retrouvé au bord de l'eau, où il l'attendait sous un bouleau dont l'écorce blanche faisait ressortir sa silhouette. Il se tenait sur un pied, adossé à l'arbre mince, coiffé d'un béret noir trop grand pour lui, qui ne lui allait pas. L'espace d'un instant, elle avait été déçue par son physique. Puis ils avaient fait le tour du lac, marchant dans la pénombre et la lumière dansante de la chaude soirée de printemps. Des nuages cotonneux dérivaient dans le ciel vespéral comme des ballons roses. Un orchestre jouait. Partout des gens couraient, parlaient, riaient. Les enfants mangeaient de la barbe à papa. Ça sentait le sucre caramélisé. Une fillette potelée avait couru dans ses jambes et était tombée par terre ; elle l'avait relevée et époussetée. Pendant tout ce temps, Isaac avait paru la regarder avec joie et tendresse, et peut-être une lueur amusée dans ses yeux, dont le vert semblait plus clair dans le crépuscule. Puis il s'était arrêté, avait retiré son béret et passé la main dans ses épaisses boucles rousses. « Je veux vous épouser, avait-il déclaré de but en blanc.

— Comment pourrais-je me marier avec vous ? avait-elle répondu en riant. Je ne vous connais pas du tout. En plus, mon père ne le permettrait jamais.

— Nous devrons donc nous enfuir », avait-il dit sans réfléchir, avec impétuosité, mais comme s'il s'agissait de la chose la plus ordinaire et la plus logique du monde. C'est son aplomb qui l'avait grisée.

« Nous enfuir ! » s'était-elle exclamée, tellement ravie qu'elle s'était jetée à son cou et l'avait embrassé sur les lèvres. Mais elle ne croyait pas vraiment qu'ils réussiraient à mettre leur projet à exécution.

Ils ne s'étaient revus que quelques fois. La veille, il lui avait annoncé : « Marvin va nous prêter la voiture demain soir. Je serai là vers dix heures. Est-ce que votre famille sera couchée ? »

Elle avait hoché la tête. « "Se coucher tôt et se lever tôt, c'est le secret de la santé, de la fortune et de la sagesse", comme dit mon père. » Elle avait ri.

Il était arrivé un peu plus tard que prévu.

Pour l'heure, c'était miracle que la police ne les eût pas arrêtés pour conduite imprudente, alors qu'ils n'étaient qu'au tout début de leur voyage. Heureusement, il y avait peu de véhicules sur la route reliant Johannesburg à la Province du Cap, et encore moins de policiers.

Elle était ravie d'être en route, d'aller quelque part – n'importe où – avec Isaac, libérée du fardeau que représentait sa famille : la maison surpeuplée de R Street, la jalousie de ses sœurs, les sempiternelles jérémiades de sa mère, les petits pas vifs de son père quand il passait la porte tous les soirs en s'écriant : « Où est ma fille chérie, mon chaton ? Où est mon baiser ? »

La tête levée vers le vaste ciel africain, elle exultait. Comme les étoiles étincelaient, innombrables, au-dessus d'elle : Orion, dont elle voyait distinctement la ceinture de diamants, la Grande Ourse. Jamais ciel nocturne n'avait paru si plein d'étoiles frémissant telles des phalènes. Et la lune illuminait le veld qui s'étendait à l'infini dans l'obscurité sans entraves.

Vers minuit, la voiture surchauffée se mit à crachoter, avant de s'arrêter pour de bon sur la route de terre déserte.

« Il va falloir aller chercher de l'eau pour le moteur », dit Bill, répétant une phrase qu'elle avait entendue un jour. Isaac regarda l'océan de champs plats qui les entourait. « Il n'y a que du maïs, par ici. »

Elle montra les lumières vacillantes d'une ferme au loin.

« Je vais aller demander de l'aide », déclara Isaac.

Elle avait peur qu'il se perde dans les maïs, mais il lui dit de rester là pour garder la précieuse voiture, leur « Chariot de feu ». Il citait toujours des vers de poésie mal à propos. « La clarté tombe de l'air / Des reines sont mortes, jeunes et belles / De la poussière a fermé les yeux d'Hélène / je suis malade, je dois mourir… »

« En plus, avec vos talons hauts ! ajouta-t-il en lançant un regard désapprobateur à ses chaussures. Vous auriez dû mettre des *takkies* !

— Enfin, je n'allais tout de même pas m'enfuir en *takkies* ! » protesta-t-elle, remarquant cependant qu'il avait lui aussi enfilé ses plus beaux souliers.

Lorsqu'il finit par revenir, il était tard ; ils avaient faim et ils étaient fatigués. Dans leur excitation, ils n'avaient rien avalé de la journée. Voyant les lumières d'un hôtel sur la grand-place d'un petit *dorp*, il s'en approcha et réussit à garer la voiture le long du trottoir. Puis il prit Bill dans ses bras et l'embrassa sur la bouche.

« On entre ? » lui demanda-t-il. Elle n'hésita pas une seconde.

5

1925

« Je ne suis pas sûr qu'il me reste des chambres », dit l'homme aux cheveux clairsemés, derrière son comptoir de réception, en les examinant de son seul bon œil.

Isaac insista de sa voix caressante : « Nous prendrons ce que vous avez. Nous n'avons pas besoin de beaucoup d'espace, nous sommes jeunes mariés. » Il agita sa main fine et sourit de son charmant sourire d'enfant gâté, révélant des petites dents presque transparentes. L'employé les regarda tour à tour, avant de consulter le grand registre noir devant lui. « Félicitations », dit-il d'un ton funèbre. Les deux jeunes gens échangèrent un sourire.

« J'en aurais peut-être une petite, reprit le bonhomme, mais sans salle de bains. Les toilettes sont sur le palier et vous devrez me payer d'avance.

— Cela va de soi », répondit Isaac, grandiose, comme si ce n'était rien pour lui. Il sortit son mince portefeuille et compta la somme exacte, commençant par les pièces puis ajoutant les billets. Bill était impatiente de s'allonger à côté de lui. Depuis le premier jour où ils s'étaient rencontrés, trois mois plus tôt, tous deux brûlaient d'envie de toucher librement le jeune corps mince et doux de l'autre. Leurs rendez-vous avaient toujours été brefs et furtifs. Aucun d'eux n'avait osé inviter l'autre chez lui.

Ils signèrent crânement le registre comme un couple marié, sous les yeux de l'employé qui se tenait dans l'ombre. Il décrocha le porte-clés de bois et sou-pesa la lourde clé, réfléchissant, hésitant. « C'est en haut de l'escalier, finit-il par dire d'un ton découra-geant, avec un mouvement vague de la main, sans proposer de porter les bagages ou de leur montrer le chemin.

— La clé, s'il vous plaît », déclara fermement Isaac, et l'employé la lui donna.

Jouant les grands seigneurs, Isaac demanda ensuite qu'on leur monte quelque chose à manger. « Nous n'avons pas dîné, dit-il.

— Vous ne croyez pas que c'est un peu tard ? Il est une heure passée, grommela l'employé en con-sultant sa montre de gousset en or. Je ne crois pas qu'on serve encore à cette heure-ci. Vous avez déjà eu de la chance que je sois réveillé ! »

Isaac, l'aîné et le seul garçon de sa fratrie, dont les parents étaient âgés et les sœurs en adoration devant lui, était habitué à obtenir ce qu'il voulait. Il baissa les yeux vers l'homme et insista : « Il reste sûre-ment quelque chose dans la cuisine. Un repas froid nous conviendra très bien. Et soyez gentil de nous apporter aussi quelques bières fraîches, vous voulez bien ? »

Ils gravirent à tâtons l'escalier sombre et poussié-reux, en riant sous cape. Isaac eut du mal à tourner la grosse clé dans la serrure. Il s'escrima sur la porte et finit par lui donner un bon coup d'épaule, manquant tomber en entrant dans la chambre. Obligé de se courber sous le plafond bas, il alluma la lumière près du lit. Ils s'assirent côte à côte sur le lit étroit collé contre le mur, sous le vasistas de la minuscule chambre mansardée. Une lampe et un broc d'eau dans une cuvette bleu et blanc étaient posés sur la table de chevet.

Sautant sur le matelas comme des enfants sur un trampoline, ils s'amusèrent à se remémorer leurs paroles hardies et ridicules, l'expression ahurie du veilleur de nuit et toute leur folle aventure, se demandant ce qui allait se passer ensuite et ce qu'on allait leur apporter à manger. Dès qu'ils entendirent frapper à la porte, ils prirent une mine grave et sérieuse et rajustèrent leurs vêtements froissés. Isaac sauta du lit, se cognant la tête contre une poutre en se redressant, et ouvrit à l'employé, qui entra en chancelant avec un plateau garni. « J'espère que ça ira, dit-il d'un ton acide, en haletant.

— Ça ira très bien », proclama Isaac, le gratifiant d'un pourboire extravagant.

Une fois la porte refermée, ils éclatèrent de rire puis se jetèrent sur la nourriture, les grosses saucisses froides, les œufs durs, les épaisses tranches de pain noir et le fromage, se donnant la becquée avec les doigts et sifflant toute la bière.

Lorsqu'ils eurent tout mangé et bu, Isaac posa le plateau sur le sol poussiéreux, le repoussa sous le lit et se coucha à côté de Bill. Timide, sans d'abord oser la regarder, il l'aida à retirer ses vêtements, en commençant par ses sandales à hauts talons.

Elle se souviendrait toujours de ses longues jambes minces et du drôle de caleçon long rouge qu'il portait malgré la chaleur de la nuit d'octobre et qui le faisait ressembler à un diablotin. Il posa une main sur son épaule puis sur sa poitrine en disant : « Quels seins magnifiques ! » Elle baissa les yeux et les trouva effectivement splendides. En se regardant, elle ressentit du désir pour lui. Effleurant l'un puis l'autre, il dit : « À présent, ce sein est à moi, et celui-ci aussi. » Puis il se pencha et prit son mamelon dans sa bouche.

Ils explorèrent en riant le corps chaud et moite de l'autre, se touchant avec maladresse. C'était la première fois pour tous les deux. Au début, dans sa frayeur, elle était tellement tendue qu'il ne réussit pas à la pénétrer. Pendant un moment, il resta à côté d'elle, pantelant et comme sonné. « J'ai l'impression que je ne suis pas très doué », dit-il. Dans la faible lueur de la lampe de chevet qu'elle avait insisté pour laisser allumée, elle remarqua son visage empourpré, défait, perdu. Prise de pitié, elle l'aima encore davantage à cause de la honte qu'il éprouvait, et ressentit le désir de l'aider, de l'inciter à continuer, de le protéger, de lui redonner confiance en lui. Guidée par la main timide d'Isaac, elle consentit à toucher ce qu'elle n'avait jamais touché jusqu'ici. Il fit une nouvelle tentative, avec moins d'assurance cette fois, se pressant doucement et lentement contre elle. Pouffant de rire en voyant son expression penaude, et aussi moins effrayée, elle baissa sa garde. Cette approche plus subtile fonctionna, et il réussit à se glisser subrepticement en elle, là où un assaut plus direct avait échoué. Un peu tremblant et épuisé, il ne put tirer parti de l'occasion et pénétrer trop profondément. Il dut même se retirer jusqu'à ce qu'elle le saisisse et l'encourage, l'attirant plus près, serrant les jambes contre ses fesses fermes et juvéniles pour qu'il la fasse sienne. Il la couva d'un regard plein de gratitude et de tendresse jusqu'à ce qu'elle ressente monter avec lui la vague glorieuse, alors qu'il allait au bout de son entreprise. Ensuite, elle osa se tourner sur le côté pour lui montrer comment la toucher et l'invita à glisser ce qu'il restait de sa virilité en elle et à la caresser doucement jusqu'à ce qu'elle jouisse à son tour.

6

1925

Ils suivirent la même mauvaise route creusée d'orniè-
res et bordée de fossés durant toute l'après-midi du
lendemain, soulevant la poussière et dispersant les
moutons sur leur passage, chantant à tue-tête à l'intention du ciel bleu délavé, des broussailles brunes poussant çà et là et des acacias eriolobas desséchés autour
d'eux.

Le soleil était bas dans le ciel lorsque Isaac
demanda : « C'est Kimberley, là-bas, dans les *kopjes* ? »
en montrant des constructions éparses qui semblaient
avoir été jetées par un dieu fou, au hasard sur le veld,
et qu'entouraient des collines bleu-gris.

« Oui, mais les monticules bleus, ce sont des ter-
rils », répondit Bill, qui reconnut l'endroit où étaient
nés son père et les trois sœurs de celui-ci. Elle se souvenait de joyeux séjours passés avec ses parents dans
la ville diamantaire quand elle était petite, du voyage
en train de nuit, où elle dormait sur la couchette du
haut, son nounours collé contre sa joue.

Quand ils pénétrèrent dans le dédale de petites
rues, dont certaines portaient des noms célèbres tels

Milner, Gladstone et Lyndhurst, et d'autres très ordinaires comme la rue du Terril, de la Terre ou de la Vieille-Mine, elle se sentit désorientée et plus sûre du tout de savoir retrouver le chemin de la maison de ses tantes. Ils tournèrent en rond.

« Quel endroit sinistre ! Toute cette tôle ondulée ! » s'exclama Isaac lorsqu'ils se retrouvèrent face à des barbelés derrière lesquels il n'y avait que le veld pâle. Elle se demanda ce qu'ils faisaient là, dans ces rues à moitié désertes, qu'elle se rappelait grouillantes de vie et d'activités. Elle avait chaud et soif, et les cuisses encore poisseuses. Elle n'avait pas pu se laver correctement à l'hôtel. Le soleil l'éblouissait.

Ils arrivèrent sur la place du marché, où toutes les rues semblaient déboucher sans former d'angles droits. Les maisons paraissaient inutiles, s'élevant au-dessus de panneaux « À vendre », sur la place presque vide.

« Ça paraît tellement différent ! Mon père m'a pourtant expliqué que c'était la première ville d'Afrique du Sud à avoir eu l'électricité », dit Bill, tandis qu'ils parcouraient les rues silencieuses. Ils passèrent devant un triste square au sol de sable, avec son portail de fer forgé, son kiosque à musique et sa statue en pierre de la reine Victoria, et arrivèrent devant un monument dont Bill se souvenait qu'il avait été érigé par Cecil Rhodes à la mémoire des morts durant le siège de la ville.

Quand enfin ils parvinrent dans la rue en pente où vivaient ses tantes, Bill chercha la maison, qui, dans son souvenir, avait un petit jardin propret où elles faisaient pousser des fleurs et des légumes.

« C'est celle-là ! Tourne ! » s'écria-t-elle en recon-
naissant la clôture blanche, ombragée par un figuier,
au bout d'une impasse mal éclairée. Ils descendirent
la ruelle dans les longues ombres du crépuscule, et
Bill pointa du doigt le jardin et ses plates-bandes soi-
gnées de fleurs de printemps démodées : marguerites
blanches, gueules-de-loup, œillets, jonquilles, roses
polyanthas précoces, qui poussaient le long de la clôture.

« C'est là qu'elles habitent ? » Isaac semblait de
nouveau surpris. S'attendait-il à quelque chose de
plus grand, de plus cossu ? se demanda-t-elle, voyant
soudain la maison à travers les yeux d'un étranger.
Avec tout ce qu'elle lui avait raconté sur son grand-
père et son testament, il avait peut-être imaginé une
demeure plus imposante.

Elle lui avait parlé de ses trois tantes célibataires,
dont elle gardait un souvenir affectueux. Elles avaient
toujours adoré leur nièce préférée, la plus jolie et la
plus pétulante fille de leur frère bien-aimé. Elles la
gâtaient beaucoup, aimaient lui brosser les cheveux,
lui confectionner de jolies robes, lui raconter l'histoire de leur vie recluse, évoquant leur père et sa
peur des chasseurs de dot dans la ville du diamant,
son testament impitoyable, qui les avait enchaînées
les unes aux autres en les empêchant de se marier
sous peine de perdre leur petit patrimoine ; leur
détermination, malgré leur chagrin, à rester ensemble pour se protéger les unes les autres, à placer leur
bien commun au-dessus de celui de l'une en particulier, quitte à éconduire tous les prétendants qui
avaient défilé chez elles, envoyés par des cousins
espérant hériter de leur argent et de leur maison.

C'est vrai que la bâtisse paraissait plus petite et plus sombre que dans son souvenir. Face à la modeste demeure de ses tantes, aux fenêtres garnies de voilages de tulle blanc et au toit bas en tôle ondulée peint en vert, avec la « ruelle sanitaire » passant à l'arrière, elle douta soudain d'avoir choisi le bon endroit pour se cacher. Qu'est-ce qui l'avait poussée à venir ici, dans cette ville qui autrefois lui avait paru si particulière, un lieu où faire fortune, et lui semblait maintenant à moitié morte ?

Elle perçut un mouvement derrière les rideaux, une main qui soulevait le bord en dentelle, et vit un pâle visage qui luisait faiblement. Qu'allaient dire ses tantes en les découvrant ? Soudain, ses genoux se liquéfièrent, ses mains devinrent moites et sa bouche sèche.

7

1956

Par la vitre de la voiture qui se rapproche de l'école, Bill voit un groupe de jeunes garçons, sortis se promener en blazer bleu marine, bermuda gris, chaussettes hautes et lourdes chaussures à lacets. La casquette grise en arrière, le visage rose et suant, ils descendent la route en rang par deux. Les pauvres petits, pense-t-elle, ils doivent mourir de chaud et se sentir engoncés dans leur uniforme du pensionnat. Elle ne comprend pas très bien pourquoi ses fils ont voulu venir dans cet établissement, où elle sait qu'on frappe encore les enfants à coups de canne sur le postérieur, pour ce qui lui paraît être des infractions mineures. Évidemment, ses garçons sont trop sages pour avoir jamais reçu un tel châtiment.

On n'apprend pas grand-chose d'utile, ici, lui semble-t-il. Le latin et le grec sont encore au programme pour tous les garçons ; quant à l'histoire et à la littérature, elles se limitent essentiellement au XIXe siècle. Tandis qu'ils remontent la longue allée ombragée par des chênes vers le bâtiment à pignon en volutes dont la blancheur étincelle dans le crépuscule, elle consulte sa montre et se rend compte qu'elle sera en retard pour l'office du soir. Elle se souvient que le professeur de français la sollicite sans arrêt pour qu'elle donne de l'argent à l'une ou l'autre de ses œuvres qui, elle en est persuadée, n'ont de charitable que le nom. Malgré son désir de voir ses fils, elle n'aurait peut-être pas dû venir.

Elle se hâte de passer le portail latéral puis descend les marches de pierre pour pénétrer dans le jardin en terrasse et rejoindre la chapelle au fond. Un fumet de poulet et de pommes de terre rôtis monte de son lourd panier, et elle vacille un peu sur les cailloux avec ses hauts talons. Au moment où elle entend la massive porte en bois de la chapelle claquer derrière elle, elle ressent un poids énorme et craint de se mettre à pleurer.

Le premier cantique a déjà commencé. « Le jour s'achève, la nuit descend, / dans le ciel l'ombre du soir s'étend », chantent les garçons sur un rythme trop lent et lugubre. L'un d'eux accompagne le chœur sur le piano droit et se trompe de temps en temps.

Qu'est-ce qu'elle fait là ? Ses fils voudront-ils seulement la voir ? Elle n'est pas sûre qu'ils aient une bonne opinion d'elle – ils jugent les gens en fonction de leurs goûts et disent à tout le monde qu'ils n'épouseront jamais une fille qui n'aime pas Mozart, alors qu'elle-même n'écoute pas de musique classique.

Des images de sa vie d'avant affluent de nouveau à son esprit, avec la honte, la tristesse et la confusion qui accompagnent la perte irrévocable. Elle ne sait plus ce qu'elle doit faire maintenant, coincée dans cet espace clos et chaud. Elle doit tirer le rideau sur le passé, fermer les persiennes, préserver ses secrets.

Elle doit faire un effort, au moins pour ses fils. Elle doit être forte, pour eux.

Elle remonte l'allée centrale de la chapelle bondée et étouffante, à l'odeur de sueur et d'encens. Les murs sont décorés de fresques bleues montrant un bateau et des pêcheurs en mer, et deux vases en argent sont posés sur l'autel, remplis d'œillets roses et raides – une fleur qu'elle n'a jamais aimée. Elle repère une petite place près d'une fenêtre et se fraie un chemin jusqu'à l'extrémité du banc. Les gens se retournent pour lui lancer des regards désapprobateurs pendant qu'elle se glisse le long de la rangée, avec son grand chapeau et son panier.

Elle s'assied en faisant un peu de bruit et remarque le jeune homme à côté d'elle. Il porte un cardigan gris tricoté à la main, un polo noir et un pantalon gris à pinces. Ses cheveux blonds sont soigneusement peignés en arrière, dégageant un grand front blanc, et ses lunettes à monture épaisse brillent quand il tourne la tête vers elle. Il a les lèvres fines et pâles, les cils presque blancs, les joues blêmes. Sans doute le professeur de maths, pense Bill, tout juste débarqué d'Angleterre, que Phillip admire énormément pour une raison qui lui échappe en partie.

Elle s'efforce de trouver la bonne page et, dans sa hâte, fait tomber le gros livre de cantiques sur le sol de pierre puis, pour compenser son entrée tardive et bruyante, se lève dans un froufroutement et ouvre grand la bouche pour chanter à pleine voix : « Console ceux qu'afflige la douleur / Et garde du mal les pécheurs. »

Son voisin lui lance un regard en coin, comme si c'était elle la pécheresse qu'il fallait garder du mal.

Bill se rend compte que cet homme déplore sa mise et sa façon de chanter. Les précieuses boucles d'oreilles en diamant sont peut-être un peu déplacées en ce lieu.

Elle l'ignore et tend le cou pour apercevoir ses fils. Les pensionnaires sont tous assis sur des bancs près de l'autel, en chemise blanche du dimanche à manches longues, cravate rayée et blazer bleu marine. Certains sont installés dans les stalles du chœur. Elle ne parvient pas à voir ses petits chéris. Pendant un instant de panique, elle craint de ne pas les reconnaître dans la foule. Ils se ressemblent tous : ce sont pour la plupart des Sud-Africains blonds aux traits doux et réguliers, à la peau brûlée par le soleil, et très minces, à force de passer leurs après-midi à courir sur le terrain de hockey, à jouer au rugby ou à faire des longueurs de piscine, sans qu'on leur donne assez à manger. Puis elle en repère un de l'autre côté de l'allée, dans les stalles. Il tourne la tête vers elle, croise son regard, écarquille les yeux et porte un doigt à ses lèvres pincées. Elle se rend compte avec un choc que c'est son plus jeune fils, Phillip, son petit poussin, qui a osé se tourner et lui lancer un regard horrifié pour lui signifier de chanter moins fort. Il se retourne face à l'autel et chuchote quelque chose à l'oreille de son voisin, qui sourit.

Puis toute l'assemblée doit s'asseoir, et le directeur, un homme maigre aux cheveux gris, gravit d'un pas hésitant les marches de la chaire en bois clair et commence son sermon. Sa voix nasillarde monte et descend, monotone, en un long discours sinistre où il est question du Dieu du vent ou de l'eau vive et de la beauté des montagnes célestes. Bill n'y voit qu'un tissu d'âneries. Quelle perte de temps pour ses fils, alors qu'ils pourraient être dehors à s'amuser avec elle, dans la fraîcheur d'un jardin bien réel.

Elle n'a jamais aimé l'atmosphère oppressante de cette chapelle. Elle lui fait penser une fois encore à sa mort, à la perte, à toute la tristesse et la souffrance du monde. La religion, malgré ses bonnes intentions, a causé beaucoup de mal au fil des années, en divisant les gens et en les dressant les uns contre les autres, en les incitant à faire la guerre et non la paix.

À la vérité, elle n'a jamais aimé aller à l'église, raison pour laquelle ses visites au pensionnat sont rares. Elle s'efforce d'éviter les dévots, qu'elle trouve souvent hypocrites, et qui usent de leur foi comme d'une matraque pour faire faire aux autres ce qu'ils veulent. Elle n'aime ni leurs cantiques, ni leurs prières à Dieu pour qu'Il les aide à être bons et à aimer leur prochain, alors qu'ils ignorent en général la pauvreté et la souffrance qui les entourent.

Dans cet établissement, l'un des meilleurs de la ville, les garçons doivent aller tous les jours à la chapelle. Ses fils y sont entrés dès leur jeune âge, d'abord comme externes puis comme pensionnaires, et paraissent très heureux dans la compagnie de leurs professeurs, pour la plupart de jeunes idéalistes anglais célibataires, qui ne connaissent rien à la vie en Afrique du Sud, et sans doute pas grand-chose à la vie en général. Contrairement à leur mère, qui séchait l'école autant qu'elle pouvait, ses fils semblent avoir du plaisir à lire des livres arides, à apprendre des poèmes par cœur, à faire des mathématiques, matière dans laquelle ils excellent – « C'est très intéressant, l'algèbre, maman : on cherche l'inconnue, le X, tu comprends ? » – et à retenir toutes les dates ennuyeuses de l'histoire mondiale. Même les dissertations ne les rebutent pas. Ils passent leur temps à lire et à griffonner. « Allez prendre l'air, leur dit-elle. Allez vous amuser dehors.

— Mais ça, c'est amusant », répondent-ils, levant les yeux de leur livre en cillant, comme des taupes émergeant à la lumière. Elle a l'impression qu'ils vivent dans un monde irréel, et que tout ce qu'ils savent de l'existence, ils l'ont appris dans des livres.

Elle est soulagée que l'office prenne fin et que les portes s'ouvrent. Les garçons descendent l'allée en rang et sortent dans le jardin odorant, où l'air est plus frais et où les ombres s'allongent. Elle agite frénétiquement le bras au passage de ses fils, mais ils ne semblent pas la voir, et elle joue des coudes à travers la foule pour aller les rejoindre dehors, chargée de son panier qui, comme son passé, lui paraît de plus en plus lourd.

Elle les retrouve au milieu d'un groupe de garçons, sous un seringa. Après avoir posé le panier, elle les serre dans ses bras et les embrasse avec effusion en disant d'une voix sonore : « Vous m'avez tellement manqué ! » Ils la dévisagent, imperturbables, essuyant le rouge à lèvres qu'elle a laissé sur leurs joues ciselées, comme s'ils ne savaient pas très bien qui elle était.

Qu'ils sont beaux, songe-t-elle avec un pincement au cœur – d'une beauté presque insupportable, anonyme, avec cette peau lisse d'albâtre, ces yeux gris-vert brumeux, ces profils parfaits. Ils lui semblent irréels : trop soignés, trop propres, trop calmes pour des adolescents. Ils ont l'air guindés, un peu gênés et, en chemise blanche maintenant qu'ils ont enlevé

leur blazer, presque invisibles dans la lumière déclinante. Ton sur ton.

« Vous allez bien ? Je vous trouve un peu anémiques », dit-elle, inquiète, en contemplant Phillip. Il se
renfrogne de manière assez impolie, hausse les épaules
et répond : « Je vais très bien, maman. »

Ils n'ont pas hérité grand-chose de sa famille à
elle, pense-t-elle tristement. De son côté, tout le
monde a les cheveux bruns et brillants, de grands
yeux noirs et une peau mate qui prend une teinte cui-
vrée au soleil. Tout le monde est petit, avec des petits
pieds et des petites mains. Et soudain, alors qu'ils se
tiennent à côté d'elle dans un silence embarrassé,
elle se dit qu'ils pourraient ne pas être les siens. Ils
ressemblent beaucoup plus à la famille de son défunt
mari, surtout l'aîné qui, à dix-sept ans, mesure déjà
plus d'un mètre quatre-vingts. Il est aussi très mince,
a des jambes interminables, des bras longs et mus-
clés, de longs doigts effilés et des grands pieds. Malgré sa taille, il a conservé un torse et des hanches
étroits, et quand il consent à sourire, il montre de belles dents blanches. Il a quelque chose d'un pur-sang.
Le fait est qu'il aime monter et garde sa pouliche au
pensionnat. Comme ils paraissent sérieux tous les
deux, ne peut-elle s'empêcher de songer, en retrou-
vant chez eux le teint de son mari : les cheveux blond
vénitien, la peau claire qui ne supporte pas le soleil.
Ce sont vraiment les fils de leur père : travailleurs,
bien intentionnés, intellectuels et snobs. Elle ne sait
plus trop quoi leur dire.

Tandis qu'elle les observe dans la lumière du soir
qui allonge les ombres, elle les trouve vieux, malgré
leur peau fraîche et leurs cheveux d'enfants. Elle les

voit comme des étrangers, les fils de quelqu'un d'autre, le genre de personnes avec qui elle ne se sentirait jamais à l'aise. Grands et raides, ils ont des épinglettes bordeaux de bonne conduite fixées à leur chemise blanche et tout un tas d'autres insignes pour leur mérite. Ce sont des êtres pleins de bonne volonté – de futurs scientifiques, mathématiciens, missionnaires, maîtres d'école, voire révolutionnaires. Elle a toujours peur qu'ils finissent en prison pour leurs opinions politiques, encouragées par leurs professeurs – peut-être deviendront-ils des travailleurs sociaux ou écriront-ils des livres sérieux et savants comme ceux qu'elle redoute. Sûrement pas le genre de gens qui sauraient comment profiter d'une grosse somme d'argent. Qu'en feraient-ils ? La donneraient-ils à quelque œuvre religieuse ou cause radicale ?

Phillip lui chuchote à l'oreille : « Tu sais que tu n'es pas obligée de mettre un chapeau pour aller à la chapelle, maman. Aucune mère n'en porte. » Elle lève une main protectrice vers le large bord de son ravissant chapeau mauve, orné de fleurs multicolores, que Gladys a positionné à un angle parfait. À quoi bon aller à l'office, si on ne peut même pas mettre un chapeau ? a-t-elle envie de répondre. Il baisse les yeux vers ses chaussures roses italiennes à talons hauts, qui lui ont coûté une fortune, et elle comprend qu'il est gêné par son élégance. C'est vrai qu'elle ne passe pas inaperçue. Elle examine les autres mères, mains et têtes nues, dans leurs vêtements tristes et usés, leurs chaussures confortables. Elles aussi semblent la considérer avec désapprobation. Elle se sent trop habillée, déplacée. Elle n'aurait jamais dû venir. Personne ne porte ne serait-ce qu'un rang de perles, sans parler d'un triple rang avec un fermoir en saphir. Une des femmes, vêtue d'un jodhpur poussiéreux et d'un chemisier sale, donne l'impression d'être tout juste descendue de son cheval ! Bill la surprend à dire : « Cette dame s'imagine qu'elle va prendre le thé avec la reine ? », en parlant sûrement d'elle. Bill la fusille du regard. Comment peut-on venir à l'office du dimanche ainsi attifée, alors que Gladys et elle se sont mises en quatre pour que ses fils soient fiers d'elle ? Il n'empêche qu'elle aurait peut-être dû choisir un chapeau avec moins de fleurs.

Ses garçons n'apprécient même pas les bijoux. Peut-être devrait-elle les laisser à ses sœurs, qui les adorent ?

Phillip se tourne vers elle, les yeux brillants, parlant du professeur qu'elle a remarqué dans la chapelle : « M. Milne m'a mis un A à ma dissertation sur la révolution mathématique.

— Oh, formidable, mon chéri », répond-elle, sans bien comprendre en quoi les mathématiques peuvent être révolutionnaires, mais alarmée par le simple mot *révolution*.

Elle déplore les lois humiliantes de ce pays, les laissez-passer que les Noirs sont obligés de porter, l'absurde ségrégation qui concerne aussi bien les plages que les bancs, la censure ridicule touchant les livres. Elle pense que le Brésil a résolu le « problème racial » en mélangeant les races, mais elle ne veut pas voir ses fils en prison. Elle craint que dans leur naïveté ces professeurs n'aient pas conscience du danger de tous ces discours.

Les bulletins scolaires de Phillip sont si excellents qu'ils en sont presque inquiétants, tout remplis d'appréciations telles que : « Toujours très appliqué », qui lui donnent envie de pleurer lorsqu'elle l'imagine abîmant ses magnifiques yeux et s'abrutissant l'esprit sur ses livres. Elle le préférerait indolent dans sa réussite. Cet excès de zèle l'a toujours inquiétée. Elle a mis ses fils en garde contre les risques d'un excès d'intelligence.

Elle n'est pas persuadée que les hommes en apparence trop brillants, qui connaissent trop de choses menaçantes ou affichent trop d'opinions tranchées sur l'état du monde, réussissent si bien que ça. D'après son expérience, les hommes de pouvoir attendent des autres qu'ils les mettent en valeur. Ils veulent que de charmants jeunes gens sollicitent leur avis et les admirent. Trop de diplômes ou même trop de certitudes risquent d'obérer les chances de ses fils dans la vie plutôt que de les augmenter. Elle soupçonne aussi les gens intelligents d'avoir plus de problèmes psychologiques que les autres.

Le silence est retombé, pesant.

« Tu te rappelles mon meilleur ami, maman ? » lui demande Mark, son aîné, en montrant le jeune homme qui se tient tout près de lui sans rien dire. C'est un garçon au physique ordinaire, au visage sérieux couvert d'acné, portant de grosses lunettes et de lourdes chaussures à lacets.

« Bien sûr. Ravi de vous voir, Joseph, répond-elle en lui donnant l'accolade. Il s'appelle bien Joseph, n'est-ce pas ? »

Mark répond qu'il se prénomme Travis. Elle se sent idiote. Les choses ne se passent pas comme prévu. Elle ouvre le panier qu'elle a posé au pied de l'arbre et en sort le poulet, qui paraît encore plus gros, luisant

dans son papier d'aluminium. Elle le brandit triom-
phalement comme l'a fait son domestique, et leur
demande s'ils ont faim. Un peu de sauce dégouline à
l'intérieur de son gant rose et par terre. Les garçons
lancent des regards furtifs aux autres mères et aux professeurs, et Mark murmure que les parents n'ont pas
le droit d'apporter de la nourriture à leurs enfants
après l'office, qu'ils vont tous avoir des ennuis. « Tu le
sais, maman, n'est-ce pas ? dit-il, avant de fourrer le
poulet dans le panier.

— Et vous faites toujours ce qu'on vous dit de
faire ? Où est l'amusement, où est le plaisir dans tout
ça ? » demande-t-elle avec un petit sourire. Qu'est-ce
qu'ils sont timorés ! Comment vont-ils s'en sortir
dans l'existence ? Elle a le sentiment que la terreur
et la douleur sont entrées dans sa vie quand elle a
laissé sa famille pénétrer à l'intérieur de son mur pro-
tecteur et devenir l'auteur de son histoire.

« Je m'efforce autant que possible de faire ce
qu'on attend de moi », dit Mark d'un ton senten-
cieux, posant la main sur le couvercle du panier pour
l'enfoncer davantage.

Elle ment en leur disant que John le Zoulou a préparé le poulet spécialement pour eux. Elle dira tout
ce qui paraît nécessaire. À la mention du cuisinier,
les deux garçons semblent attristés. « Dis-lui qu'il me
manque énormément », déclare Phillip, et Bill en
conçoit une pointe de jalousie. Ils se sentent plus proches de lui que d'elle. Ils l'ont toujours adoré, ont
appris sa langue et ont passé des après-midi au fond
du jardin, à l'écouter raconter les histoires des nombreuses batailles et victoires de son peuple.

« On pourrait aller au fond du jardin, là-bas, et personne ne nous verrait », suggère-t-elle en écarquillant les yeux. Ce qui lui vaut des regards outrés.

Une cloche sonne, et ils annoncent qu'ils doivent aller dîner. Ils lui disent au revoir et s'en vont en toute hâte dans le crépuscule nacré, après lui avoir donné un rapide baiser sans chaleur sur la joue et demandé une fois encore de transmettre leur amitié et leurs remerciements au vieux domestique. Elle a l'impression qu'ils sont soulagés d'avoir un prétexte pour s'échapper, et elle aussi se sent soulagée, quoique un peu coupable, de les voir s'éloigner.

Elle traverse à grands pas le parking goudronné pour retrouver le chauffeur, qui discute avec quelqu'un en l'attendant, adossé au flanc de la voiture. Les étoiles sont visibles dans le ciel bleu de minuit quand elle s'installe à l'arrière de sa Cadillac rose, claque la portière et lui demande une fois encore de mettre la gomme. Elle retire ses gants tachés et se jette sur le poulet, dont elle arrache avec les doigts la chair bien grasse. Elle enfourne même une pomme de terre dans sa bouche au moment où ils passent le portail. Tendant un pilon au chauffeur, elle l'incite à se régaler, mais à ne surtout rien dire au cuisinier. « Il me tuerait, s'il savait que j'ai mangé le poulet des *n'kosasaan.* »

Quand elle arrive devant chez elle, elle se souvient de l'instant où elle avait posé les yeux sur la maison de ses tantes, ce soir-là à Kimberley, trente ans plus tôt. Elle se revoit devant la porte, tenant la main d'Isaac. Ils avaient échangé un regard et failli tourner les talons pour repartir. Si seulement ils l'avaient fait !

8

1925

Bill avait suggéré Kimberley, dans le nord de la Province du Cap, parce que la ville était très éloignée de Johannesburg. Elle se souvenait de la maison de ses tantes, qui possédait de nombreuses chambres, et du bruit des camions-citernes municipaux qui passaient à l'aube en répandant de l'eau pour tasser la poussière et la réveillaient.

Le père de Bill avait fréquenté le lycée de Kimberley et ses sœurs l'école de filles. C'était ici qu'il passait devant le monument commandé par Cecil Rhodes en souvenir de ceux qui étaient morts durant le siège des Boers. Pendant les événements, lui-même s'était caché dans une tranchée avec sa mère et ses sœurs. Il avait raconté à Bill avoir vu une femme noire descendre la rue, un ballot sur la tête, puis la tête et le ballot rouler par terre quand elle avait été touchée par un obus. C'était ici également que le père de Bill était entré à la compagnie De Beers, comme son père avant lui. Son grand-père avait creusé le Big Hole et avait appris tout ce qu'il savait sur les diamants dans ce lieu où l'on en avait tant découvert, où tant de fortunes s'étaient faites et défaites.

Elle s'était dit que Kimberley serait un bon endroit pour tous les deux, puisque ses trois tantes y vivaient encore, dans la vieille maison familiale avec le bout de terrain que son grand-père avait achetés dans une période de prospérité, après la vente d'une concession de diamants. Elle avait pensé qu'Isaac et elle pourraient trouver refuge ici, et qu'il y aurait sûrement des opportunités d'emploi pour lui, même si son père lui avait dit que ce n'était plus comme autrefois, que les mines de diamants ne donnaient plus autant, et que, d'une certaine façon, la ville était devenue un monument parodique à la gloire du passé.

Elle avait escompté que les trois tantes célibataires auraient pitié d'eux, qu'elles les recueilleraient et préserveraient leur secret, du moins le temps qu'Isaac retrouve une situation. Ayant été privées d'hommes à cause du cruel testament de leur père, elles comprendraient et pardonneraient sûrement ce coup de foudre et cette passion juvénile, elles les partageraient par procuration.

Et il est vrai qu'elles réservèrent un accueil enthousiaste aux jeunes gens fatigués et couverts de poussière. « Mon Dieu, comme tu as grandi, ma chère enfant ! », « Notre nièce préférée est devenue une ravissante jeune fille ! », « Quelle merveilleuse surprise ! » s'écrièrent-elles, parlant toutes en même temps et voletant autour d'elle avec excitation, lui pinçant les joues, lui touchant les mains et les cheveux comme trois oiseaux affamés. Au début, elle eut du mal à les distinguer les unes des autres : elles ressemblaient à trois longs échassiers au plumage blanc.

« Voici Isaac », annonça-t-elle en lui souriant fièrement. Les tantes, vêtues de robes claires d'un autre âge, au col montant, sentant le camphre et l'eau de Cologne 4711, examinèrent le jeune homme avec curiosité, alors qu'ils s'entassaient tous les cinq dans l'entrée étroite et sombre, avec son portemanteau en forme d'arbre sans feuilles.

Leur premier souci fut la poussière. Elles voulurent qu'ils prennent un bain. « Je vais t'en faire couler un, Bill ! » proposa tante Winnie, la plus jeune, une femme maigre frisant la cinquantaine, aux cheveux roux parsemés de blanc.

Mais Bill protesta, disant qu'ils mouraient de faim et de soif et préféraient manger d'abord.

« Vous devez être épuisés. Après un si long trajet ! Dans une voiture décapotable ! Grand Dieu, les enfants ! À quoi songiez-vous donc ! » s'exclamèrent-elles, ayant observé leur arrivée par la fenêtre.

Elles les envoyèrent dans le petit cabinet de toilette pour qu'ils puissent se débarbouiller, le temps qu'elles s'occupent du repas. Alors qu'ils se tenaient tous les deux face au miroir au-dessus du lavabo, dans les odeurs de moisi dégagées par les imperméables, les bottes, les chapeaux de paille et les gants pleins de terre accrochés à des patères sur les murs, Bill surprit leur reflet côte à côte : le visage étroit et intelligent d'Isaac, près de l'ovale délicat du sien. Il se tourna pour lui sourire ; ses yeux noirs étaient remplis d'amour et de confiance. Dehors, dans le couloir, elle entendit vaguement les tantes qui discutaient avec animation. « Vous croyez que Robert sait qu'ils sont là ? »

Lorsqu'ils ressortirent, tante May, la cadette – la plus potelée des trois, aux cheveux courts et bouclés, et vêtue d'une robe rose – les fit passer dans la salle à manger, avec sa table carrée recouverte d'une nappe écrue au crochet et ses portes-fenêtres ouvrant sur le jardinet de derrière. Elles avaient chargé Gladys d'apporter tout ce qu'elle avait dans la cuisine. On aurait dit qu'un véritable festin s'étalait devant eux : du poulet froid, du jambon, des œufs brouillés à la tomate et au persil tout frais cueilli du jardin, des pickles, du pain perdu entouré de crème, des abricots bien mûrs et des prunes. Il y avait même une bouteille de xérès et quelques petits verres en cristal taillé, qu'on avait dû aller chercher en haut d'une étagère et épousseter pour l'occasion. Les tantes gloussaient gentiment autour du couple.

Bill mangea jusqu'à satiété, puis s'interrompit. Son cœur battait si fort qu'elle avait l'impression que la table, avec les reliefs du repas dans la vaisselle rose pâle et les restes de tomate qui dégoulinaient sur le jambon, allait se mettre à trembler. Elle balbutia qu'ils avaient quelque chose à leur demander. Ils avaient besoin d'aide. Le regard des trois tantes, furtif et inquiet, passait de Bill à Isaac. Puis Bill leur demanda si elles accepteraient de les accompagner le lendemain et d'être leurs témoins lors d'une cérémonie civile. Les tantes écarquillèrent les yeux, la bouche ouverte dans un silence soudain et gêné.

Tandis que Bill attendait leur réponse, toutes trois détournèrent la tête. Tante Maud, l'aînée, la cinquantaine passée, dont les cheveux, déjà presque entièrement blancs, étaient ramenés en un chignon haut, consulta ses sœurs du regard. On lisait de l'inquiétude dans ses yeux brun foncé. « N'est-ce pas un peu hâtif ? » demanda-t-elle enfin en contemplant Isaac, qui terminait son poulet et sauçait goulûment son assiette avec un morceau de pain.

Tante May tripotait le camée qu'elle portait au col de sa robe. « Tu as bien le temps ! dit-elle. Dix-sept ans ! Dieu du ciel ! »

Tante Winnie, les yeux humides et anxieux, lui demanda : « Qu'en dit ton père ? Je doute qu'il soit d'accord. Tu sais comment il est, très à cheval sur les convenances. Je ne crois pas qu'il puisse vous donner sa bénédiction. Il voudrait un mariage à l'église, une robe blanche et tout ça, tu ne penses pas ?

— Un mariage à l'église est impossible puisque je suis juif, expliqua Isaac d'un ton neutre.

— C'est pour ça que nous sommes venus chez vous, ajouta Bill en souriant à ses tantes. Nous espérions que vous nous aideriez.

— Mais vous êtes tellement jeunes, tous les deux », répéta tante May en secouant ses boucles courtes. De la sueur perlait à son front et ses joues s'empourpraient à cause du verre de xérès dont elle n'avait pas l'habitude. Elle joignit les mains en un geste de prière et ajouta : « Ça peut sûrement attendre un peu. »

Après le dessert, qu'ils mangèrent en silence, les deux jeunes gens se levèrent pour aider à débarrasser. Dans la cuisine, Isaac chuchota à Bill : « Un seul témoin devrait nous suffire », et il haussa les sourcils en désignant Gladys, qui leur tournait le dos.

La digne dame, qui travaillait pour la famille depuis la naissance du père de Bill et vivait dans la maison avec les tantes, faisait la vaisselle, penchée sur l'évier. Bill alla se placer à côté d'elle, la prit par la taille et posa la tête sur son épaule. Elle lui demanda dans un murmure : « Tu viendras avec nous pour le mariage, n'est-ce pas, Gladys ? » Sans répondre, Gladys baissa les yeux vers Bill et prit l'assiette sale d'Isaac.

Elle secoua la tête et marmonna : « Ça fera des histoires.

— On a besoin de toi pour pouvoir se marier », insista Bill.

Puis Gladys la regarda du coin de l'œil, haussa les épaules et pinça les lèvres, avant de hocher la tête en soupirant. Ce fut le seul encouragement qu'ils reçurent.

Les tantes emmenèrent Bill dans la grande salle de bains. Winnie ouvrit les robinets et versa les sels de bain qui tombèrent comme une pluie de cendres dans la vieille baignoire aux pieds griffus. « Réfléchis bien à tout ça », dit-elle en refermant la porte derrière elle. Bill se déshabilla et se plongea dans l'eau chaude. Elle se frotta avec soin entre les jambes, ce qu'elle n'avait pas pu faire à l'hôtel. Une fois qu'ils eurent tous deux pris leur bain, les tantes les conduisirent d'autorité dans deux chambres séparées, aux extrémités opposées du couloir.

9

1925

Ils se levèrent tous deux avant l'aube, sans faire de bruit. Quand Isaac frappa un coup discret à sa porte, Bill avait déjà revêtu la robe blanche en coton qu'elle s'était faite et posé la résille de soie dans ses cheveux noirs. Elle avait cueilli un bouquet de marguerites dans le jardin, qu'elle tenait dans ses mains tremblantes. Ils retrouvèrent Gladys qui les attendait dans la cuisine et leur avait préparé deux tasses de café.

Ils prirent place dans la voiture, qu'Isaac eut du mal à faire démarrer. Une fois le moteur en route, alors qu'ils descendaient la ruelle en marche arrière et tournaient au coin de la rue, Bill vit tante Maud sortir de la maison en courant et en agitant frénétiquement les bras, mais trop tard. Alors que le soleil embrasait le ciel, ils partirent tous les trois. Gladys serrait son grand sac à main contre sa poitrine et poussait de petits soupirs entre ses dents irrégulières chaque fois qu'Isaac faisait une embardée sur la route.

Gladys connaissait le chemin jusqu'au tribunal, dont la tour de l'horloge crénelée s'élevait au-dessus de la ville. Le soleil brillait dans un ciel pâle, annonciateur de chaleur. À cette heure, ils ne croisèrent que quelques automobiles, quelques trolleybus, une charrette tirée par un âne, et de rares silhouettes noires et blanches dans les rues.

Bien qu'ils fussent arrivés tôt, on les fit attendre. Ils s'assirent en silence le long du mur du couloir. Personne ne semblait pressé. Enfin, le juge les fit entrer, un monsieur corpulent et chauve, vêtu d'un costume trois-pièces de couleur sombre et portant sa montre de gousset en or à la poitrine. Il dit au couple de s'asseoir et jeta un regard à Gladys. « Cette… personne est votre témoin ? leur demanda-t-il, haussant les sourcils, quand ils furent assis en face de lui, prêts à signer leur nom.

— Un témoin comme un autre, je suppose », osa répondre Isaac. Le juge leva les yeux vers Gladys, qui se tenait debout, solennelle et grave dans sa robe noire, avec son chapeau crème et ses gants. Il lui demanda si elle savait signer son nom. Le couple lui lança un regard plein d'espoir, et elle hocha fermement la tête, ce qui fit trembler les fleurs sur le bord de son chapeau. Elle se pencha et, d'une main tremblante, traça lentement et laborieusement chaque lettre, comme s'il s'agissait d'une œuvre d'art : Gladys Browning.

Ensuite, Isaac déclara : « Venez, je vous invite à déjeuner toutes les deux.

— Allons au Ritz », suggéra Bill. Elle se souvenait que c'était là qu'on fêtait les anniversaires spéciaux et autres grandes occasions. Le couple fut conduit dans la salle au plafond haut, avec ses serveurs en veste blanche, sa moquette rouge et ses palmiers en pot, alors que Gladys s'entendait dire qu'elle allait devoir attendre dans la voiture. Insouciant, Isaac commanda une bouteille de champagne et dépensa tout l'argent qui lui restait pour le menu à trois plats composé d'un potage crémeux, de rosbif au Yorkshire pudding, suivi d'un gâteau aux fruits de la passion, qu'il demanda aux serveurs d'emporter à l'extérieur et qu'ils dégustèrent dans la voiture, tous les trois, en pouffant de rire.

Plus tard, ils remontèrent sans se presser le sentier du jardin, dans le soleil d'octobre, un peu éméchés, le visage empourpré, et riant de leur succès, suivis par la pauvre Gladys qui, après avoir mangé sa part de gâteau et bu son verre de champagne, s'était endormie dans la voiture en attendant qu'ils aient fini leur repas.

C'est alors que Bill vit tante Winnie sortir précipitamment de la maison en agitant les bras vers eux en signe d'avertissement, et descendre le sentier bordé de fleurs, ses longs cheveux roux volant derrière elle, les lanières de son tablier défaites.

Elle se planta devant eux, pantelante, et joignit les mains. « Ils sont là. »

Comme Isaac et Bill la regardaient sans comprendre, elle ajouta : « Tes parents.

— Comment ont-ils su qu'on était là ? demanda Bill, même si elle connaissait déjà la réponse.

— Nous avons cru agir pour le mieux. Nous ne savions pas quoi faire d'autre. Je dois t'avertir, ils l'ont mal pris… »

Comment n'avait-elle pas anticipé la réaction des tantes ? Pourquoi n'avait-elle pas compris qu'elles resteraient d'abord loyales à leur frère, qu'elles adoraient ? Ses parents avaient pris le train de nuit, dans leur hâte à les retrouver.

Elle eut alors conscience de l'heure tardive, de la lumière déclinante, du bleu profond du ciel de minuit, des fleurs flétries dans le jardin assoiffé après la chaleur inhabituelle de cette journée, du silence dans la rue.

Isaac regarda Bill, et elle se souvient d'avoir posé le petit bouquet de marguerites sur la table ronde en osier de la véranda, afin de ne pas avoir à entrer dans la maison avec son bouquet de mariée. Elle l'avait cueilli à l'aube, l'avait tenu entre ses doigts tremblants durant la courte cérémonie, puis avait gardé les fleurs alanguies avec elle dans la voiture, les ravivant dans un verre d'eau.

10

1956

Eɴ descendant de voiture dans son garage, Bill décide qu'elle donnera congé à John, prendra un bol de soupe et un verre de whisky et ira se coucher tout de suite. Mais en entrant dans le salon, elle a la surprise d'y trouver un visiteur. Comme il lui tourne le dos, dans les ombres projetées par la lumière rose du lampadaire, elle ne sait d'abord pas de qui il s'agit – un inconnu dont la présence l'inquiète et l'électrise à la fois. Qui le cuisinier a-t-il laissé entrer ? Qui pourrait bien venir la voir à une heure pareille ? L'espace d'une seconde, l'esprit encore tout plein d'Isaac, elle songe que c'est peut-être un homme surgi de son passé.

« Tantine, vous n'êtes pas contente que je sois passé vous voir ? » demande-t-il en se détournant, avec une grâce indolente, du tableau qu'il était en train d'examiner. Il sourit comme s'il était ravi de la voir et s'avance d'un pas chaloupé, les mains levées vers elle d'un geste théâtral. Il l'embrasse sur les deux joues, comme s'il était sur scène et jouait une pièce française. « Vous sentez délicieusement bon, dit-il. C'est du Chanel ? »

En fait de mystérieux inconnu, c'est le neveu de sa sœur aînée, Whit Johnson. Et c'est un véritable acteur, qui a étudié à l'Académie royale des arts dramatiques à Londres.

« Désolée de t'avoir fait attendre », dit-elle, avant d'appeler le cuisinier, qu'elle rabroue : « Pourquoi n'as-tu pas apporté le plateau avec les verres et quelque chose à grignoter, des cacahouètes, des crackers, du fromage ? Mets plus de lumière. Il t'a laissé tout seul dans le noir », ajoute-t-elle à l'intention de Whit, alors que John s'agite, que son uniforme bruisse et que son visage s'assombrit de plus en plus. Elle sait qu'il n'aime pas qu'elle boive, en particulier avec des hommes.

« C'est un nouveau tableau ? » demande Whit en montrant la peinture d'une baie, au Cap, signée William Timlin, qui était autrefois accrochée dans le salon de la grande maison qu'elle a vendue après la mort de son mari. « Il est ravissant », commente-t-il, et elle a le sentiment qu'il la complimente. Il ajoute d'ailleurs : « Où êtes-vous allée aujourd'hui pour être aussi belle, tantine ?

— J'ai commis l'erreur d'aller voir mes enfants à l'office du dimanche », avoue-t-elle. Elle rit, se laisse tomber dans un fauteuil, retire ses sandales du bout de ses orteils et lance son chapeau sur le canapé. Elle a besoin d'un verre et ressent l'envie pressante de se moquer de la religion, de son amour pour ses fils, de son dévouement excessif. « Ah, les enfants ! s'exclame-t-elle avec une ironie désabusée. On leur donne tout et qu'est-ce qu'on obtient en retour ? Je suis sûre que tu étais un bon fils, Whit, mais franchement, ce n'est pas souvent le cas ! » Sa mère était morte quand il était très jeune ; elle sait qu'il l'adorait, mais qu'il déteste son père, un avocat qui l'a toujours mal jugé, l'a traité avec sévérité et une totale incompréhension. Elle prend son whisky-soda de la main tremblante du vieux cuisinier et avale une grande gorgée.

« Vous êtes trop bonne avec vos enfants. Vous passez trop de temps à vous soucier du moindre de leurs désirs – je me trompe ? » dit Whit, prenant son verre et incluant le cuisinier dans la conversation. Celui-ci lui adresse un regard mauvais et, sans desserrer les dents, lui tourne le dos. « C'est vrai ! Ils ont tout, ces veinards. Ils ne mesurent pas leur chance d'avoir une mère si merveilleuse, une femme si intéressante. » Il la regarde de côté, papillonnant de ses longs cils noirs, et pinçant les lèvres, il ignore cette fois le cuisinier, qui lui lance un dernier coup d'œil meurtrier avant de quitter la pièce.

« Vraiment, on en sait si peu sur vous, tantine, poursuit-il. Pie dit toujours que vous pourriez nous en raconter, des histoires. Vous devriez écrire un livre sur votre vie. »

Elle se demande ce que Pie a osé lui rapporter. Elle ne se serait tout de même pas confiée à lui ? « Qu'est-ce qu'elle a bien pu aller te dire ? » s'enquiert-elle nerveusement, en jouant avec sa jupe. Elle songe soudain qu'il en sait peut-être plus qu'elle ne le voudrait.

« Vous devriez consacrer davantage de temps à vous faire plaisir, à vous amuser », dit-il, et comme pour illustrer ses propos, il se coule gracieusement sur le tapis beige à fleurs roses, se tenant la nuque et rejetant en arrière sa belle tête. Il la gratifie d'un sourire qui creuse deux fossettes, pareilles à des parenthèses, autour de sa bouche bien dessinée. « Une femme si belle et jeune, mais pas trop jeune, tantine ! Personne n'est immortel. Vous devriez saisir toutes les occasions. Profiter de chaque jour », ajoute-t-il avec un élégant geste de la main. Il paraît fort, beau, et aussi un peu endormi. À la façon dont il est allongé à ses pieds, lézardant dans son salon, à son attitude décontractée, elle sent qu'il est aussi à l'aise avec elle qu'elle l'est avec lui. Elle l'a connu tout petit.

Il donne l'impression de rêver à quelque chose d'agréable. Elle se souvient que son mari aussi appréciait ce jeune homme, qu'il trouvait intelligent, talentueux et amusant, et qu'il avait même aidé à financer ses études d'art dramatique en Angleterre. Elle se rappelle le jour où, étant enfant, Whit leur avait apporté la maquette d'un théâtre qu'il avait fabriquée lui-même avec beaucoup d'habileté. Il est très doué de ses mains, pense-t-elle, ce qui lui évoque d'autres mains, et les longs doigts agiles qui triaient les diamants ce jour-là, dans sa jeunesse.

Elle lui sourit.

« Vous devez parfois vous sentir seule à présent, tantine. »

L'expression *seule comme la lune* vient à l'esprit de Bill.

« Vous arrive-t-il d'imaginer que vous retombez amoureuse ? » demande-t-il.

Il ne lui déplairait pas de tomber amoureuse ou, plutôt, que quelqu'un tombe amoureux d'elle. D'avoir un séduisant jeune homme comme lui à son côté, qui lui serait attaché. Elle admire les reflets presque roux de son abondante chevelure dans la lumière rosée. Elle aime ce qu'elle considère comme de la tristesse sensible dans ses grands yeux noirs. Elle le regarde enlever son pull à col en V et le rouler en boule par terre derrière lui pour se faire un oreiller. « Nous avons répété toute la journée, dit-il, je suis épuisé. » Il bâille, ses paupières s'alourdissent, ensommeillées, charmantes, et ses cheveux lui tombent dans les yeux. Elle est touchée qu'il soit passé la voir directement après sa répétition. Il lui apparaît comme un jeune homme adorable, n'ayant pas encore atteint la trentaine, au visage régulier qu'il incline vers la lumière d'un mouvement un peu théâtral, comme si on le prenait en photo de profil.

Elle est soulagée de parler à quelqu'un qui ne lui est pas apparenté par le sang, même s'il l'appelle toujours affectueusement « tantine ». Il ne lui demandera sûrement rien, ne la jugera pas, et évitera de parler de mathématiques ou de révolution.

Il est habillé de manière plaisante quoique décontractée – elle apprécie que les gens fassent des efforts vestimentaires, ce qu'il a fait pour elle, en revêtant un pantalon à pinces en lin écru et une chemise bleue ajustée, dans une matière douce et presque transparente, alors même qu'il n'a pratiquement pas d'argent et n'en gagnera jamais beaucoup.

Comme s'il lisait dans ses pensées, il dit : « Si seulement j'étais riche, je pourrais vous emmener dîner dans un endroit merveilleux – chandelles, champagne, caviar, voilà ce que vous méritez. J'aimerais que nous puissions aller danser ensemble sous les étoiles. » Il fait le geste de lui offrir quelque chose dans ses belles mains blanches, fines et vides.

« Tu es un amour », dit-elle, et elle lui prend les mains, qui sont chaudes entre les siennes. Elle se rend compte soudain qu'il a exactement l'âge d'être son fils, et cette pensée lui fait monter les larmes aux yeux.

Elle se demande comment il réagirait si elle écartait les bras pour l'attirer à elle et le supplier de la délivrer de sa solitude. Elle a envie de lui caresser les cheveux, de sentir sa tête se blottir contre sa poitrine, de le laisser la réconforter. Elle aimerait avoir auprès d'elle quelqu'un possédant la grâce d'un danseur. Elle est persuadée qu'il est aussi bon danseur qu'elle. La danse lui manque tant ! Elle s'imagine partir en croisière vers l'Europe en compagnie d'un jeune homme comme lui, quelqu'un de doux, de courtois et d'amusant, qui n'aurait envers elle que des exigences filiales. Elle se voit valser, en longue robe de tulle bleue, sur le pont d'un luxueux paquebot ; la lune brille et l'air est plein de senteurs marines.

Certes, elle a emmené ses fils en vacances en Europe, mais ils sont venus armés de listes d'endroits à visiter et de choses à faire, que leurs professeurs avaient établies. Ils voulaient cocher chaque site l'un après l'autre : les vieilles églises, les grands musées, les tableaux célèbres, les monuments en ruine. « Je suis un peu lassée des ruines, leur a-t-elle dit un jour, durant leur séjour à Rome, allongée au soleil sur son lit au Hassler. Allez au Forum tous les deux aujourd'hui, d'accord ? Je crois que je vais rester me reposer dans la chambre. »

« Nous devons absolument voir la *Vierge aux œillets* de Raphaël », a dit Phillip en consultant fébrilement sa liste lors d'une visite à Londres. Quels intellectuels snobs ils étaient, d'un sérieux tellement pénible ! Comment avait-elle pu engendrer des créatures pareilles ? Ils restaient plongés dans leurs gros livres ennuyeux : *Guerre et Paix, La Foire aux vanités* et même un ouvrage appelé *Les Grands Contemporains,* signé Winston Churchill, qu'elle avait surpris Phillip en train de lire une nuit sous ses couvertures avec une lampe torche. Alors qu'en Suisse, le train serpentait entre les hautes montagnes, les sapins et la neige – la neige qu'ils voyaient pour la première fois ! – elle s'exclamait : « Oh ! Regardez ! Regardez ! Mais regardez donc le paysage, pour l'amour du ciel ! Vous pourrez lire vos livres à la maison ! » Mais manifestement, ils préféraient les mots sur une page, une idée dans leur tête, un idéal à suivre à la réalité de la beauté environnante.

Elle s'enfonce dans son fauteuil et déclare tristement : « Il arrive un moment où les enfants ne sont plus ce qu'ils étaient. Ils sont juste "là-bas" quelque part – des étrangers.

— Vraiment, on se demande parfois pourquoi les gens tiennent tant à procréer », fait remarquer ce fils unique.

Elle souhaiterait avoir son avis sur la question de l'argent. « Je ne sais pas exactement quoi faire avec mes garçons, jusqu'à quel point je dois les aider dans la vie, dit-elle. M. Parks est passé cette après-midi. Il veut que je rédige un testament. Je sais qu'il s'attend à ce que je lègue ma fortune à mes fils, mais c'est une décision tellement difficile. »

Il réfléchit un instant, puis répond : « Ce serait peut-être mieux pour eux de tracer leur propre chemin. Dans le cas contraire, c'est la vie qui nous l'impose. C'est important de vouloir quelque chose, non ?

— Tu crois ? » Elle songe qu'il fait preuve de beaucoup de sagesse à un si jeune âge. « Et toi, que veux-tu ? lui demande-t-elle, soutenant son regard doux et sombre.

— Je voudrais pouvoir me consacrer entièrement à mon métier d'acteur, sans avoir à faire ce qu'il faut pour joindre les deux bouts, répond-il aussitôt. L'argent permet de s'acheter du temps. » Elle sait qu'il est obligé de travailler comme serveur, et peut-être doit-il même faire d'autres choses plus avilissantes.

Ils boivent plusieurs whiskies-soda. Le cuisinier entre et sort de la pièce, de son pas silencieux et réprobateur, pour remplir leurs verres à contrecœur, ajouter des glaçons et de l'eau gazeuse. Depuis la mort de son mari, il n'aime pas voir des hommes venir à la maison, et a fait fuir un lord anglais, terrorisé, qui courtisait assidûment Bill et convoitait sans doute sa fortune. Il veille jalousement sur elle et sur ses fils, songe-t-elle, amusée. Elle se demande s'il va jusqu'à répandre du sang de poulet dans le jardin pour éloigner d'eux les mauvais esprits. Il n'empêche qu'il est devenu l'homme de la maison.

« Apporte-nous de quoi dîner, veux-tu ? lui demande-t-elle. Tu dois bien avoir quelque chose pour nous dans la cuisine. » C'est dimanche soir, et elle sait qu'elle aurait dû le libérer pour la soirée. Mais qu'aurait-il fait ? Il serait allé s'allonger dans sa chambre en fumant sa pipe. Lorsqu'il part en vacances, il se fait détrousser dans le train et revient tout décharné. De toute façon, elle a l'intention de donner leur après-midi aux deux domestiques le lendemain, après le déjeuner avec sa famille. Il lui lance un regard noir et retourne à la cuisine, à côté du salon et donc à portée d'oreille, où il s'affaire à grand bruit, mais il finit tout de même par leur apporter à chacun un bol de soupe à la tomate au parfum délicieux, avec des croutons. Il reste là, le plateau à la main, impassible, l'air buté. Il n'a apparemment pas du tout l'intention de dresser la table dans la salle à manger.

« Oh, d'accord, sers-nous ici, alors », dit-elle. Ils dînent sans cérémonie sur des serviettes de lin blanc posées sur leurs genoux, face à face sur le canapé recouvert de chintz, devant la cheminée vide. Quand ils ont fini et que le cuisinier a débarrassé, elle dit au vieil homme de laisser la vaisselle et d'aller se coucher. Il est tard. Mais il secoue la tête et répond qu'il va attendre pour tout fermer. « Il y a plein de *skelms* dans le coin, marmonne-t-il d'un ton sinistre, en regardant le pauvre Whit.

— Comme tu veux », dit Bill en haussant les épaules. Elle l'entend malmener les assiettes dans l'évier, un peu comme sa conscience. Elle se tourne vers Whit. « Raconte-moi quelque chose d'amusant. Je ne veux plus penser à cet affreux office religieux, toutes ces prières et ces cantiques épouvantables. Il y a tant de choses auxquelles j'aimerais ne pas penser, conclut-elle, portant la main à sa tête qui bourdonne.

— Voulez-vous que je vous raconte l'intrigue d'un livre que je suis en train de lire ? propose-t-il. Un excellent roman de... »

Elle lève la main pour l'interrompre. « Non, non, tous ces gros bouquins que mes fils et toi voulez me faire lire sont trop tristes. Je n'ai pas envie qu'on me parle de malheur et de pauvres gens en prison, tous ces pleurs, ces gémissements et ces grincements de dents, toutes ces pauvres âmes affligées. Je ne peux rien pour elles. J'ai connu trop de malheurs dans ma propre vie pour vouloir entendre ce genre d'histoire, dit-elle, chassant d'un geste les fantômes du chagrin. Joue-moi plutôt la pièce que tu répètes, tu veux bien ? » Elle a vu cette pièce à suspense à Londres, bien qu'elle en ait oublié le titre. Elle ne sait plus non plus qui a commis le crime, et se souvient seulement que le meurtrier était au-dessus de tout soupçon.

Il se lève obligeamment et récite la pièce, jouant chaque scène en détail, endossant tous les rôles, changeant de voix et d'attitude. Il passe du falsetto aigu à un grave profond, prend des poses, serre les mains avec ferveur avant de s'agripper la tête comme si elle risquait d'exploser de désespoir. Bill rit, captivée par cette mise en scène, se voyant dans le rôle de la femme riche et belle qui se fait tuer pour son argent. Tout le monde semble avoir un secret à cacher, de sorte que tout le monde est également coupable.

Il salue bien bas à la fin et elle applaudit vigoureusement. Tous deux boivent encore quelques verres de l'excellent vin rouge qu'ils ont ouvert avec la soupe. Puis il prend congé, l'embrasse de nouveau deux fois sur chaque joue et dit avec une grande sincérité, d'une voix traînante : « Ma tante, vous êtes *fondamentalement* une femme bien. »

Elle rit et répond : « Reviens vite, d'accord ? Je suis heureuse près de toi. Tu m'as remonté le moral, après tous ces cantiques ridicules. » Il chante quelques versets de « Demeure avec moi, Seigneur », comme si c'était une chanson d'amour dans une comédie musicale, et esquisse un pas de danse dans l'entrée.

« Bien sûr, dit-il. C'est toujours un plaisir de vous rendre heureuse – et n'oubliez pas : prenez un amant, des tas d'amants ! » Il y a une expression de dévotion si tendre dans son regard sombre. Même si elle ne lui doit rien, bien qu'il lui ait confié qu'il ne se marierait jamais et qu'il vit dans un affreux petit appartement sombre, elle se demande soudain si elle ne devrait pas l'inviter à partir en voyage avec elle. Ils s'amuseraient tellement ! Et si elle lui léguait son argent ? L'idée lui semble brillante. Qu'aurait à dire M. Parks ? Ça lui donnerait à réfléchir. Ce serait une bonne action. Les acteurs, même les bons, gagnent rarement de l'argent, et Whit saurait comment profiter du sien.

« Je ne plaisante pas, tantine, un différent pour chaque jour de la semaine ! » reprend-il.

Elle soupire et songe qu'elle ne veut plus de tout le chagrin qu'apporte ne serait-ce qu'un seul amant. La passion, elle est bien placée pour le savoir, s'accompagne de trop de douleur. De plus, à son âge, qui trouverait-elle ? « Qu'est-ce que je ferais de quelque vieux bonhomme ?

— Pourquoi devrait-il être vieux ? Pourquoi pas un jeune ? » réplique-t-il d'un ton enjôleur en la regardant dans les yeux.

Elle rit, mais se demande pourquoi il lui dit ça. Que lui a-t-on raconté à propos de son amant d'autrefois ?

Alors qu'elle le laisse l'embrasser sur la joue dans l'entrée, elle sent l'odeur sucrée de sa peau veloutée. Elle lui serre la main en ouvrant la porte aux parfums nocturnes du jardin, celui du chèvrefeuille et de la verveine qui poussent autour de la porte, et elle se rappelle son horrible arrivée avec Isaac dans la maison des tantes à Kimberley, après leur mariage.

11

1925

Dès qu'ils pénétrèrent dans le vestibule de la vieille maison et firent face au couloir étroit et sombre, ils entendirent les gémissements pathétiques de sa mère, Bill saisit la main d'Isaac, épouvantée. On aurait dit que quelqu'un était mort. Ils se regardèrent, les yeux écarquillés, se serrèrent plus fort la main, hésitèrent, envisagèrent de s'enfuir, mais ils n'avaient nulle part où aller. Entrant dans le salon, ils virent son père, sa mère, les protées poussiéreuses dans un vase et la boîte de vieilles pastilles de menthe sur la table ronde en acajou au milieu de la pièce, qui sentait le camphre et le clou de girofle.

Son père se tenait près de la cheminée, la mine grave, et tripotait sa moustache raide et drue en se redressant comme pour se grandir, tandis que sa mère, assise dans un fauteuil dans l'obscurité, présentait l'image même de l'affliction : le dos rond, les épaules tremblantes, un mouchoir porté à ses yeux, ses longs cheveux fournis et grisonnants détachés et pas coiffés, ses vêtements froissés, ses bas tire-bouchonnant autour de ses chevilles.

« Après tout ce que j'ai souffert », ne cessait-elle de répéter, pendant que ses belles-sœurs s'agitaient autour d'elle, lui proposant du thé à la menthe et des sels, lui suggérant de s'allonger. Elle avait réussi à capter l'attention générale, à transformer le salon en clinique. Elle leva la tête vers le couple, montrant un visage rouge et gonflé après une journée passée à pleurer. Devant son air abattu, Bill eut malgré elle un pincement au cœur. « Comment peux-tu me faire une chose pareille ? » s'exclama sa mère en les voyant. Serrant les mains comme une tragédienne, elle se mit à sangloter bruyamment.

Son père leur dit de s'asseoir. Elle s'installa sur le canapé dur en crin de cheval, alors qu'Isaac restait vaillamment debout à côté d'elle, la main posée sur son épaule pour la soutenir. Il leva le menton et déclara qu'ils étaient maintenant mari et femme. Ils avaient signé les papiers dans le bureau du juge.

Le père de Bill, qui n'était pas grand et avait le dos voûté à force de se pencher sur les pierres, se redressait puis se tassait en esquissant des petits pas nerveux, rejetant les épaules en arrière et agitant les mains dans l'air. « Ça n'a pas de sens, mon garçon ! C'est grotesque !

— Mais nous sommes mariés. Un juge nous a mariés. Dis-leur, Bill, insista Isaac en observant son père avec stupéfaction. Où est Gladys ? C'était notre témoin. Et elle a signé les papiers, elle aussi. » Mais la bonne avait disparu dans la cuisine, où elle écoutait sans doute à travers la porte.

« Gladys, témoin de mariage ! Quelle absurdité ! » dit son père. Isaac le regardait, incrédule. À l'évidence, il n'avait pas imaginé une pareille opposition, un tel déni des faits, des documents officiels. Isaac avait foi en la Loi, c'était un homme du Livre.

« Oui, nous sommes mariés », dit-elle, mais d'une voix hésitante. Cela ne lui paraissait plus aussi réel, mais déjà presque comme un rêve. Elle était au bord des larmes à la pensée d'être la cause de tant de malheur.

Son père déclara que pour leur famille, ce n'était pas un vrai mariage. « Le mariage est une cérémonie chrétienne au cours de laquelle un homme et une femme vont à l'église, accompagnés de leurs proches, pour se jurer amour et fidélité devant la communauté, et devant Dieu.

— Vous sous-entendez que les gens qui ne sont pas chrétiens ne peuvent pas se marier ? rétorqua Isaac avec colère. Que mes parents vivent dans le péché ? »

Le père de Bill lui demanda d'arrêter de crier. Il dit que quelle que soit la religion, sa fille n'avait pas l'âge légal de se marier, qu'elle avait besoin d'une autorisation parentale. Isaac avait transgressé la loi. L'union pouvait être et serait annulée. « Ça ne tiendra pas devant un tribunal. Vous serez même puni pour ce que vous avez fait.

— Tu ne veux pas que je sois heureuse ? demanda Bill à son père, l'implorant des yeux, les joues baignées de larmes, essayant de lui parler sans mots, joignant les mains en prière.

— C'est justement parce que je veux ton bonheur, que je ne peux pas te laisser gâcher ta vie. J'agis seulement pour ton bien. » Il s'approcha d'elle et prit délicatement ses deux mains dans les siennes.

« À cause de toi, ma vie est fichue, dit Bill en pleurs, laissant tomber sa tête.

— Assez discuté. Aucun de vous deux n'est assez vieux pour comprendre la gravité et les conséquences de votre acte. »

Son père se tourna vers Isaac, et il reprit d'un ton plus ferme et plus rapide : « Je dois vous demander de quitter cette maison sur-le-champ. Croyez-moi, je n'ai rien contre les juifs, et même, je les admire, et je vous considérais comme un collègue, mais vous en avez profité pour me voler ce que j'ai de plus précieux. Vous n'êtes désormais plus le bienvenu chez moi ni dans ma famille ! »

Isaac le regarda, avant de baisser les yeux vers Bill en lui saisissant l'épaule. « Viens, Bill, dit-il. Ils ne peuvent pas t'obliger à rester ici. Ils ne peuvent pas nous séparer. Viens avec moi. »

La mère de Bill intervint en poussant de gros sanglots : « Je me fiche de moi-même et de ce que j'endure à cause de vous, mais ne faites pas de mal à mes enfants. Je ne me soucie que de mes enfants. Ils sont toute ma vie. Si tu ne penses pas à la honte qui va s'abattre sur ton père et moi, Bill, pense à la vie de tes sœurs. À ce qu'il leur en coûtera. Pense à ce que ce scandale aura comme conséquence sur l'avenir de ton petit frère chéri, si tu t'enfuis avec cet homme. Qui voudra se marier avec eux ? Perdus ! Ils sont perdus ! Et ton père qui n'est pas en bonne santé, tu le sais. Il a le cœur fragile. Il s'est usé à la tâche pour vous. Cette histoire va l'achever. Tout ceci va le tuer : ta folie, ton égoïsme. C'est ça que tu veux ? » Elle se tourna vers Isaac et, ses yeux noirs scintillant de haine, lui demanda : « Pourquoi nous avez-vous fait une chose pareille ? »

Isaac prit Bill par la main. « Ne les écoute pas. Nous n'avons rien fait de mal. Viens avec moi. Nous irons dans ma famille. » Bill se leva et fit un pas vers lui. Elle se demandait comment ils allaient pouvoir rentrer à Johannesburg sans argent, et si sa famille allait vraiment les recevoir. L'accueilleraient-ils, elle qui était chrétienne, n'avait pas encore dix-huit ans, pas d'argent et pas de perspectives ?

Son père les suivit. Il posa la main sur le bras de Bill et l'obligea à se retourner. Il avait les larmes aux yeux. « Ma fille chérie, déclara-t-il, si tu t'en vas avec cet homme, tu comprends bien que tu ne nous reverras plus jamais, nous qui t'aimons tant. Pour nous, tu seras comme morte. Tu seras complètement seule avec des étrangers, qui mangent de la carpe farcie et ne connaissent pas le Notre-Père. »

Bill lui faisait face, la respiration haletante, le visage mouillé. « Ne dis pas ça, s'il te plaît », plaida-t-elle.

Son père posa les mains sur ses épaules et enfonça les doigts dans sa chair. « Je le dis comme je le pense : pour ton bien, tu dois rester ici, où est ta place, avec des gens qui ont le même sang que toi. La famille d'Isaac ne voudra pas de toi. Comment vivras-tu ? Fais-moi confiance là-dessus, ma chérie. Tu dois rester chez tes tantes le temps que le scandale s'apaise, et ensuite tu pourras revenir chez nous, ta famille. Nous n'en parlerons plus jamais. Nous vous pardonnerons, à toi et à Isaac. Nous sommes chrétiens : nous voulons votre bien à tous les deux. Et pense à Isaac. Il est trop jeune pour assumer la charge d'une épouse. Tu sais que j'ai raison. Tu dois le laisser retourner là où est sa place, parmi les gens comme lui, et toi, tu dois rester ici. » Ses larmes redoublèrent quand son père la prit dans ses bras et la serra fort, appuyant sa tête contre son épaule. Incapable de bouger, incapable de respirer, submergée par une vague de nausée, les genoux flageolants, elle s'appuya sur lui en observant Isaac.

L'espace d'un instant, il garda les yeux braqués sur elle, dans l'expectative. « Tu ne vas pas écouter ça ? » finit-il par dire. Puis il se détourna et se dirigea vers la porte. Avant de sortir, il fit volte-face et balaya du regard la pièce, les protées roses et poussiéreuses, les trois tantes célibataires qui tremblaient dans l'ombre, la mère en pleurs, le père et elle, avec une lueur de haine dans les yeux.

« Vous êtes insensés, tous autant que vous êtes », dit-il avec un mélange d'incrédulité et de dégoût. Se redressant avec dédain, il regarda de nouveau Bill, qui essayait de se dégager de l'étreinte de son père, mais en voyant ses yeux qui exprimaient sa rage et son sentiment de trahison, elle sut qu'elle l'avait perdu. Son père la tenait fermement, farouchement, alors qu'Isaac se détournait d'elle et d'eux tous. Elle écouta le martèlement dur de ses pas dans le couloir alors qu'il rassemblait ses affaires, le claquement de la porte, le moteur de la Chevrolet bleue qui démarrait. Elle se précipita vers la porte pour le suivre, mais son père la ferma à clé, et ses tantes firent cercle autour d'elle pour lui bloquer le passage. Elle ne put que tambouriner contre le montant de bois. Où irait-il ? Reviendrait-il la chercher ? Le reverrait-elle un jour ?

DEUXIÈME PARTIE

12

1 9 5 6

LE lundi matin, Bill est réveillée par les cris excités de ses deux sœurs qui l'appellent : « Bill ! Bill ! On est là ! » Elle se lève aussitôt, se précipite sur le palier et se penche par la balustrade de l'escalier. À la vue de ses sœurs dans le vestibule, en robes colorées et hauts talons frivoles, de leurs chevilles fines et de leurs petites mains qui battent l'air alors qu'elles dansent le charleston en chantant « Si tu connaissais Susie aussi bien que moi, Ah, ah, ah, quelle fille que cette fille-là », elle a l'impression que son cœur s'allège. Elle rit et tape dans ses mains et se sent prise d'un grand désir de faire la folle. Elle a envie de parler sans discontinuer, de s'amuser et de rire.

Elle ressent le genre de joie qu'elle éprouvait, enfant, quand ses sœurs rentraient de l'école et qu'elle pouvait sortir de sa cachette dans les bambous, au fond du jardin, où elle se réfugiait pour sécher les cours et passait la journée à jouer aux billes dans la poussière avec le fils de la domestique souillon de sa mère. Elle se sent insouciante et libérée en les voyant faire des pirouettes sur le parquet en bas, habillées comme elles l'étaient pendant leur adolescence dans les années vingt, de robes à tailles basses et de longs colliers de perles, coiffées à la garçonne.

Elle descend l'escalier en sautillant gaiement, à moitié vêtue, sans gaine serrée ni bas. Ses sœurs l'embrassent en lui disant qu'elle est belle et a l'air en pleine forme, et elle les croit. Elles s'assoient ensemble, comme elles le faisaient dans la véranda à moustiquaire de la maison de R Street, pour échanger des commérages, tricoter, coudre et siroter du thé.

Les tasses tintent joyeusement, on boit à grand bruit ; les scones aux raisins secs tout juste sortis du four qu'apporte le cuisinier embaument. Ses sœurs ont déjà pris leur petit déjeuner, mais Bill a faim. Elle n'a rien mangé depuis son bol de soupe avec Whit la veille au soir, si bien qu'elle dévore plusieurs scones, remercie le Zoulou, lui dit qu'ils sont délicieux, comme d'habitude, et regarde autour d'elle, satisfaite.

Elle a toujours peur que ses sœurs la croient devenue fière à cause de tout son argent, tel le geai de la fable paré de plumes de paon. Et pourtant, à certains égards, elle a toujours été la star. Elle se souvient que, quand elle jouait à Jacadi en sautant sur la pelouse, son frère et ses sœurs la copiaient.

Mais ces dames aiment avant tout papoter. Il n'y a personne dont elle trouve la conversation plus amusante. Aucune, pourtant, n'a beaucoup lu, ni n'a de choses originales ou spirituelles à raconter. Le poids est leur sujet favori. Elles ont tout un tas d'idées sur la façon d'en perdre, et se lancent régulièrement dans tel ou tel régime draconien, consistant à ne boire que du babeurre pendant plusieurs jours ou à ne manger que des œufs durs et du steak, ou simplement à jeûner et à prendre des laxatifs avant d'aller au lit jusqu'à ce qu'elles aient maigri de deux kilos. Parfois, quand elle repense à sa vie, elle la voit comme une série de périodes de privation, alternant avec des phases de boulimie.

La conversation sans chichis de ses sœurs, les mots qu'elles emploient, les expressions communes de leur enfance la rassurent et l'enchantent. Elles aiment et détestent les mêmes personnes, ont vécu beaucoup d'expériences identiques et, surtout, elles connaissent ses secrets, et même si elles n'en parlent jamais, elle n'a pas besoin de faire semblant, d'avoir peur d'être découverte ou mal jugée.

Pie, l'aînée, est restée mince passé la cinquantaine, et porte les cheveux courts et permanentés en boucles serrées. « C'est grâce à toi, Bill, qu'on peut se retrouver ainsi tous les jours et passer des moments si agréables, dit-elle. Sans toi, on serait toutes obligées d'aller travailler comme gouvernantes ou d'occuper un autre emploi affreux de ce genre. » Elle frissonne à la pensée de cette improbable possibilité, finit sa tasse de thé et en demande une autre. Elle porte un bracelet de cuivre au poignet pour se garder des rhumatismes et un cardigan de couleur crème que lui a acheté Bill. « Le pauvre Ted, reprend-elle, en parlant de son mari, a encore perdu de l'argent à la Bourse. Il dit qu'on va devoir vendre la voiture que tu nous as offerte. » Elle fait référence à la Cadillac bleue que le mari de Bill a donnée à celui de Pie avant sa mort.

« Ne t'inquiète pas, je vous en achèterai une autre », dit Bill, mais elle se demande où sa grande sœur veut en venir.

Il n'empêche qu'elle n'imagine pas ses sœurs en gouvernantes ou s'adonnant à toute autre activité utile. Elles ne l'ont jamais fait. Elles ont pourtant toujours les mains occupées : elles tricotent des vêtements bizarres tels ces affreux maillots de bain qu'elles avaient confectionnés pour ses fils et brodés à leurs initiales, qui s'étaient détendus quand les garçons étaient allés dans la piscine et n'avaient jamais pu être portés ; elles crochètent de jolies et légères couvertures d'été ; elles brodent au petit point des coussins dont elle n'a pas vraiment l'utilité ou d'éclatants sacs en perles, dans différents coloris ; ou alors elles étalent des patrons pour leurs nombreuses robes décolletées, moulantes, plissées ou à volants, qu'elles fixent aux tissus multicolores sur la table de la salle à manger lisse et brillante, tenant les épingles entre leurs lèvres, avant de tailler les robes avec leurs ciseaux à denteler, qui crissent et rayent l'acajou de la table, au grand déplaisir du cuisinier.

Haze, la plus jeune, soupire et dit : « Tu as tellement de chance d'avoir trouvé un mari si intelligent, qui a gagné tant d'argent. » Elle a du duvet noir au-dessus de la lèvre supérieure, comme elles toutes, qu'elles épilent parfois avec de la cire chaude. Haze a toujours été considérée comme la plus intelligente, la plus débrouillarde, celle qui a travaillé comme secrétaire et est tombée amoureuse de l'homme marié qui l'employait. Elle est bonne en calcul mental et en orthographe, contrairement à Bill, bien que celle-ci ait appris, au fil des années, à citer de la poésie : « Si la musique nourrit l'amour, alors jouez ! » ou « Faut-il que je te compare à un jour d'été ? » ou, se redressant d'un mouvement théâtral : « Tu te brises encore et encore sur tes froids rochers gris, ô, mer ! Je voudrais savoir formuler les pensées qui montent en moi. »

« Il avait plus d'énergie qu'un cheval, ajoute Haze en terminant son scone. J'ai du mal à réaliser qu'il est mort.

— Que ferais-je sans vous ? » s'exclame Bill dans un accès de sincérité. Et elle ne peut s'empêcher de se confier à elles, alors qu'elle n'en avait pas eu l'intention. « Mais je m'inquiète. M. Parks est passé hier, pour me demander de faire un testament. Il doit s'imaginer que je suis sur le point de mourir. » Ses sœurs se lancent des regards entendus, par en dessous, et Bill soupçonne qu'elles ont déjà discuté de leur intérêt dans cette affaire, ainsi que de l'éventualité de son décès.

Elle garde le silence, le temps que le cuisinier débarrasse les tasses et les assiettes, puis reprend : « Je ne suis pas sûre que mes fils aient l'utilité de cet argent. Qu'en feraient-ils ? »

Ses sœurs hochent la tête pour marquer leur assentiment. Les yeux brillants, elles sont tout ouïe. « Des garçons si sérieux, si réservés, qui travaillent si bien à l'école, dit Pie. Pas comme nous. Nous, nous ne faisions rien, pas vrai ?

— Oui, oui, toujours en train de jouer aux échecs, approuve Haze. Mais nous aussi, nous avons travaillé dur, dans d'autres domaines, n'est-ce pas ? Toutes ces retouches que nous avons faites, pendant tant d'années. Toutes ces nuits passées à coudre pour finir des robes ! Tu te souviens ? Tu as sûrement bien mérité le droit de vivre dans le luxe et de prendre du bon temps.

— En fait, je pensais tout léguer à Whit », déclare Bill, pour éloigner la conversation de ce terrain. Ses sœurs la dévisagent, et elle s'aperçoit qu'elle s'amuse de l'attention intense que le sujet suscite. Elle se doutait que sa déclaration provoquerait la consternation, mais ne s'attendait pas à la réaction de ses sœurs.

Haze et Pie ouvrent tout grands les yeux et la bouche. Elles s'écrient d'une même voix « Whit ! », et frappent dans leurs mains comme des comédiennes dans une pièce de Shakespeare. Puis elles éclatent de rire et se tordent, toutes rouges, comme si Bill venait de faire une bonne plaisanterie. « Lui ! Tu l'imagines avec tout cet argent ? Il le dépenserait dans la minute ! »

Elle tente de se rappeler la justification originelle de sa décision, son sentiment de tendresse pour le jeune homme, l'affection qu'il lui a témoignée.

« Il donnera tout à son petit ami, ajoute Haze. Comment il s'appelle, déjà, ce pédéraste avec qui il vit à Hillbrow, celui qui se teint les cheveux en jaune. Montague ?

— Il est passé ici hier soir ? demande Pie. Peut-être qu'il se pose les mêmes questions que Parks et qu'il s'est arraché aux bras de Montague pour venir te rendre visite. »

Bill ferme les yeux une seconde pour ne plus voir ses sœurs, et sa folle vision d'une valse avec Whit sous les étoiles s'évanouit. Elle se demande si c'est pour ça, plutôt qu'à cause des répétitions, que Whit paraissait si épuisé. Les acteurs répètent-ils vraiment le dimanche après-midi ?

« Peut-être que je ne devrais pas m'embêter à faire un testament », dit-elle avec humeur. Elle se lève et allume une cigarette, bien qu'elle sache que ça la fait tousser, souffle la fumée et traverse la véranda. « Je ne vois pas pourquoi Parks s'excite comme ça là-dessus. Je n'ai pas l'intention de mourir demain, vous savez.

— Bien sûr que non, mais on n'est jamais trop prudent. » Pie débite un de ses proverbes favoris d'un ton plein de sous-entendus. « Surtout mainte-nant que tu es toute seule, ajoute-t-elle, et sachant que tu ne prends pas toujours autant soin de toi que tu devrais.

— Qu'est-ce que tu veux dire ?

— Eh bien, qu'une femme seule est plus vulnéra-ble à… à… à tout un tas de choses. » Bill ne sait pas exactement à quoi elle fait allusion.

« C'est sûr que je n'aime pas te savoir conduire la nuit, surtout après une soirée, dit Haze. Tu te sou-viens de ce qui s'est passé, alors que ces pauvres gar-çons étaient à l'arrière. » Une simple éraflure à une aile, en réalité, qu'elle a faite à sa voiture un soir, en rentrant avec ses fils après la nuit tombée.

« Je conduis rarement, réplique-t-elle en fusillant Haze du regard.

— Et tu dois te méfier des hommes qui pour-raient profiter de toi quand il t'arrive d'être un peu gaie », dit Pie en souriant. À qui pense-t-elle ? À Whit ? À M. Parks lui-même ? À Anthony, son propre fils, un mauvais élève, qui la vole, vend des cigarettes à l'école et semble voué à une vie de délinquant ? À d'anciennes relations de Bill ? Bien que ses sœurs encensent son défunt mari, elles semblent avoir peu de foi en les hommes. Pie ne peut pas compter sur son mari pour subvenir à ses besoins ou même faire attention au peu qu'il gagne. Il a une vieille mère qui vit avec eux et exige de son fils qu'il promène Willy, son chien, à l'aube. Elle entre tous les matins dans la chambre de Pie en disant : « Teddsy ! Teddsy ! Willy doit aller faire ses petits besoins ! » Et il quitte docilement le lit conjugal pour obéir à ses ordres. Chaque fois que Ted vient chez Bill, il s'assied en silence près du mur, ses mains blanches et fines posées sur ses genoux.

Haze a quitté son emploi de secrétaire après sa liaison et mis beaucoup de temps à faire son deuil. Quant à leur frère, bien qu'elles l'adorent, il est incapable de gagner sa vie. Il a épousé une infirmière qui s'est empressée de laisser tomber son travail pour porter plusieurs gros bébés affamés.

« Tu te souviens du jour où on a vu cette annonce dans le journal, et où on t'a conseillé de répondre ? demande Haze.

— Je me rappelle avoir repassé mon chemisier en lin et ciré mes plus belles chaussures pour ton entretien, dit Pie. Cet entretien a changé ta vie, n'est-ce pas ?

— Et la vôtre aussi », dit Bill.

Haze rit. « Je me souviens de t'avoir dit que tu n'aurais qu'à diriger. Tu fais ça très bien. »

Bill se renfrogne, mais doit admettre que c'est vrai. Elle a remarqué que maintenant, les gens font souvent ce qu'elle veut qu'ils fassent.

« Et c'est moi, je crois, qui t'ai dit de dire à papa que tu allais être la dame de compagnie de l'épouse malade, fait remarquer Haze. Et finalement, il se trouve qu'elle l'était… malade, n'est-ce pas ?

— C'est moi qui ai lu l'annonce à voix haute. Quelque chose comme : *Cherche infirmière à domicile, avec expérience, pour grande maison avec jardin à Hume Road, Dunkeld.* C'était ça ? »

Bill connaissait les immenses maisons de Dunkeld, avec leurs jardins, leurs piscines et leurs courts de tennis. Ça l'avait tentée. De même que le salaire.

« J'étais sûre qu'ils te donneraient le poste. C'est moi qui ai téléphoné pour toi. Tu te rappelles ? » demande Haze.

Bill songe qu'en définitive, il aurait peut-être mieux valu ne pas aller à l'entretien dans la maison de Dunkeld.

13

1935

Assise à la gauche de Bill, dans sa robe de chambre de coton rose, Haze mangeait une grosse tartine de pain beurré à la confiture, le journal posé devant elle, son chat roux, Wurripumpkin, couché comme d'habitude sur ses genoux. À la droite de Bill, en bermuda de toile et chaussettes hautes, ses cheveux noirs ramenés en arrière, Charles sauçait son assiette d'œufs au bacon avec un morceau de pain, l'air rêveur, retardant le moment de partir au travail. Pie, toujours fiancée à son notaire en attendant qu'il fixe une date, que la mère de celui-ci repoussait sans cesse en prétextant des maladies diverses et variées, trônait dans une posture un peu guindée, au bout de la table du petit déjeuner, et distribuait les quelques tranches de pain qui restaient. Leur père était déjà parti travailler et leur mère, comme toujours à cette heure, était encore au lit.

Haze posa la main sur le bras de Bill en disant : « Regarde. Ce serait parfait pour toi. Tu as vu le salaire ! Et ça a l'air si simple ! » Et elle lui fourra le journal sous le nez.

À cette époque, Bill avait décidé qu'on n'aimait qu'une fois dans sa vie. Elle ne cherchait plus l'amour. Elle était devenue nerveuse et irritable. Surtout, elle voulait échapper à la maison surpeuplée, aux reproches incessants de ses sœurs et à la réprobation silencieuse de ses parents. Elle avait envie de voyager, de découvrir le monde, de connaître ce qu'elle imaginait être le « Gai Paris », d'aller à des soirées, de siroter du champagne sur une pelouse dans la lumière bleutée, de rire en rejetant la tête en arrière. Elle voulait s'amuser.

C'était aussi ce qu'elle souhaitait pour sa famille. Elle ne voulait pas voir ses sœurs s'abîmer les yeux en veillant tard dans la nuit pour retoucher les vêtements de dames acariâtres, comme elles le faisaient toutes les trois depuis des années. Elle voulait que Charles, son cadet de dix ans, s'amuse lui aussi. Son père l'avait fait embaucher chez De Beers – où il travaillait toujours –, puisqu'il n'avait pas réussi à décrocher son diplôme de fin d'études secondaires. (Elle n'a jamais très bien su ce qu'il faisait là-bas. Quand elle lui pose la question, il répond qu'il joue au morpion.) À l'époque, il accumulait déjà des dettes que son père devait régler.

Elle se doutait que pour son père, une « infirmière à domicile » n'était rien de plus qu'une bonne : c'est ainsi qu'il considérait ce métier, comme il le lui avait déjà clairement fait savoir. Elle l'imaginait s'exclamant : « Jamais une de mes filles ne se fera embaucher comme domestique ! » Pour autant, il ne se plaignait pas des travaux de couture qu'elles étaient obligées de faire, des remplis délicats qu'elles cousaient le soir, au risque de s'esquinter la vue, pour gagner ce qu'il appelait « de l'argent de poche », mais qui leur permettait de joindre les deux bouts.

Ce fut Haze qui recopia le numéro de téléphone sur un coin du journal qu'elle déchira sans bruit. Elle sourit à ses sœurs par-dessus son épaule et à Charles qui la regardait, l'air interrogateur, de ses grands yeux noirs bordés de cils épais. Elle se glissa dans le couloir, où le téléphone était maintenant fixé au mur, et passa le coup de fil d'une voix ferme. Quand elle revint dans la salle à manger, elle annonça : « Elle veut te voir là-bas à deux heures et quart cette après-midi.

— Elle avait l'air comment ? demanda Bill.

— Un peu bizarre. Comme si elle avait oublié l'annonce ou n'était pas au courant. C'est peut-être le mari qui l'a mise. Un accent snob. Mais elle m'a dit que tu étais la première à répondre. Donc tu seras la première reçue. »

Bill hésita, se demandant pourquoi la femme semblait « bizarre » et ce que l'on attendrait précisément d'elle. Mais elle n'était pas du genre à se laisser troubler facilement.

Pie lui prêta un chemisier de lin blanc avec un petit col sage à la Peter Pan, ainsi que des chaussures plates et étroites, qui lui comprimaient les orteils, et Haze, une jupe droite grise avec une large ceinture noire. Ses deux sœurs lui brossèrent les cheveux jusqu'à ce qu'ils brillent – elle a toujours eu de beaux cheveux – et déposèrent une touche de parfum à l'intérieur de ses poignets, sur ses tempes et même sur le bout de sa langue, comme s'il y avait une chance qu'elle eût à embrasser quelqu'un.

Haze lui rédigea une brillante lettre de recommandation, qu'elle signa d'un nom titré difficile à lire. Elles avaient fini par opter pour lady Brentwood, après avoir essayé d'autres patronymes plus ridicules, tels que lady Pomfret ou lady Dingleblat, en riant toutes les trois.

Elle ne se faisait pas beaucoup d'illusion sur sa candidature. C'était en partie une blague, en partie un acte désespéré, en partie une tentative de compensation, le seul moyen qu'elle pût trouver pour aider sa famille, pour aller de l'avant. De plus, à ce moment-là, ils avaient besoin d'argent : aucune des filles n'était mariée ou n'avait d'emploi rémunérateur, hormis leur travail de confection au noir, et leur bonne à rien de mère passait ses journées au lit à manger des bonbons.

Elle imaginait la dame lisant la lettre et disant : « Lady Brentwood, jamais entendu parler, je le crains. Avez-vous son numéro de téléphone, par hasard ? »

Au moment où elle passait la porte, dans ses vêtements d'emprunt, Charles lui donna un baiser en lui souhaitant bonne chance.

14

1956

CHARLES arrive à l'heure convenue, sur sa bicyclette. Quand il entre dans le salon, toujours vêtu d'un bermuda en toile et de chaussettes montantes, Bill a l'impression délicieuse de le revoir, enfant, avec ses cheveux noirs et la mèche qui retombait dans ses yeux bruns lumineux.

Malgré toutes leurs discussions sur les régimes, ils se dirigent tous les quatre vers la salle à manger, attirés par le cliquetis des couverts, les odeurs de viande au four, et par le vieux cuisinier zoulou qui annonce pompeusement : « Le déjeuner est servi », sans regarder personne en face. John accomplit sa tâche avec diligence et dédain, paré de son uniforme blanc repassé avec soin, dont la ceinture bleue est terminée par un pompon à la taille. Il est évident qu'il se juge supérieur à sa patronne actuelle et à sa famille, et il y a des moments, comme celui-là, où elle est d'accord avec lui.

Il a recouvert la table d'acajou d'une nappe d'un blanc étincelant. Des plumbagos bleus débordent d'une coupe en argent au centre, et les serviettes empesées pointent telles des mitres d'évêque sur chaque assiette.

« C'est ravissant », lui dit Bill, songeant qu'il s'est couché tard la veille et qu'il a dû se lever tôt pour s'occuper de tout.

Charles, qui a déjà trahi son impatience en se frottant les mains, en plissant ses yeux de rapace et en jubilant, s'apprête à découper le rôti. Le cuisinier a en effet remplacé les poulets qu'il avait préparés la veille par un autre plat succulent : un beau rosbif accompagné de Yorkshire pudding. Après avoir soigneusement aiguisé le couteau, Charles tranche la viande d'une main experte, pendant que le cuisinier fait le tour de la table pour servir les deux légumes verts, les pommes de terre et le riz.

Tous boivent plusieurs bières sous l'œil désapprobateur du domestique. Charles semble presque ronronner de plaisir, bien que pendant tout le repas, le sujet continue de tourner, de manière assez lugubre et louche, autour de son défunt mari. Qu'essaient-ils de lui dire, tous autant qu'ils sont : qu'elle devrait leur être reconnaissante ?

Vraiment, songe-t-elle, c'est le cuisinier qui la connaît le mieux – presque aussi bien que Gladys. Il en comprend bien plus qu'il ne le dit. Il ne paraît pas heureux depuis que le mari de Bill est mort et qu'elle a déménagé dans un logement plus petit. Elle sait qu'ici, il a une chambre exiguë et sans fenêtres, où il fait froid l'hiver. Peut-être devrait-elle lui laisser une rente. Puis elle se souvient que son mari l'a déjà fait.

Il sert maintenant les desserts : une charlotte accompagnée de crème fouettée ou de la salade de

fruits avec de la glace. Il apporte les deux plats et soulève solennellement les couvercles en argent, comme
un magicien. Tout le monde vante sa cuisine, mais il
ne répond pas et continue son service dans un
silence critique.

Pie s'essuie la bouche avec sa serviette blanche,
sur laquelle elle laisse une tache de fraise.

Charles observe Bill par-dessus sa part de charlotte qui diminue rapidement. « Tu as toujours eu tellement de veine. » C'est vrai dans certains domaines :
aux cartes et aux courses.

Elle s'était crue particulièrement vernie ce premier jour dans la maison de Hume Road, même si
tant de chance la troublait. Tout s'était fait si facilement qu'elle avait senti dès le début que quelque
chose lui échappait.

15

1935

ELLE prit le tramway, puis un bus et finit le trajet à pied. Transpirant dans la chaleur et le silence de l'après-midi, elle craignit d'avoir des auréoles de sueur sous les aisselles et de la poussière sur ses chaussures, alors qu'elle marchait à l'ombre des vieux arbres et jetait des coups d'œil à travers les épaisses haies, surprenant des tranches de vies qu'elle imaginait luxueuses et faciles.

Elle entendit le bruit sourd de balles de tennis, des clapotements étouffés dans une piscine, quelqu'un qui appelait un domestique. Plus loin, elle franchit le haut portail blanc, ouvert comme une invite en cette après-midi ensoleillée d'octobre, et remonta la longue allée sous les jacarandas déjà en fleur. Il lui sembla que les pétales d'un mauve pâle tombaient avec une lenteur particulière dans l'air immobile. Tout était silencieux autour d'elle – *le silence des riches*, pensa-t-elle –, la lumière était éclatante, l'atmosphère figée, et le doux parfum des buissons de brunfelsias intensifié par le soleil. Arrivée devant la porte, flanquée de bacs de fleurs pourpres, mauves et blanches, elle hésita à sonner, de peur de troubler la quiétude de l'après-midi.

Un domestique lui ouvrit. Grand et distingué, vêtu d'un uniforme blanc amidonné et chaussé de souliers à semelles souples, il portait haut sa tête étroite comme on brandit une matraque. Il la dévisagea d'un regard soupçonneux, comme c'était compréhensible, mais la fit entrer dans le hall au sol en damier noir et blanc, meublé d'un vieux coffre aux clous de laiton et d'une horloge de parquet décorée d'anges dorés levant leur trompette vers le ciel. Il la guida au bas de quelques marches et agita une main gantée de blanc vers un salon frais, à la lumière tamisée, dont les rideaux de velours mauves étaient fermés pour faire barrage à la lumière de l'après-midi. Bill eut le sentiment qu'il l'y laissait à contrecœur, redoutant peut-être qu'elle dérobe l'argenterie qu'il avait si bien astiquée. De la porte, il lui lança un regard désapprobateur et murmura : « Je vais prévenir ma maîtresse de votre arrivée. »

Elle ne savait pas très bien si elle devait s'asseoir ou rester debout, malgré ses pieds douloureux. Hésitante, elle parcourut la pièce du regard, remarquant l'argenterie scintillante, le grand Steinway étincelant, resté ouvert, la partition sur le pupitre, les livres reliés alignés dans la bibliothèque ou bien ouverts sur les tables, les vieux portraits sur les murs, les lis roses épanouis dans des vases en verre, dont les pétales se reflétaient sur la surface cirée des tables d'acajou. Jamais elle n'avait vu d'endroit aussi magnifique. Comme elle aurait voulu posséder cette pièce et tout ce qu'il y avait dedans !

Son employeuse éventuelle ne la fit pas attendre longtemps et descendit les marches jusqu'au ravissant salon, suivie par deux teckels noirs au collier orné de pierreries. C'était une grande femme mince frisant la cinquantaine, aux cheveux argentés ramenés sans façon en un chignon lâche. Comme pour la pièce somptueuse, son apparence un rien négligée ne faisait qu'ajouter à son charme. Elle portait une jupe grise toute simple, un chemisier d'un gris rosé, aux manches retroussées, et un cardigan gris autour de ses épaules osseuses. Bien qu'elle eût manifestement fait peu d'effort vestimentaire, elle n'en restait pas moins élégante et distinguée. Tout en elle paraissait pâle : ses yeux bleus, sa peau, ses lèvres, ses fines chaussures italiennes cousues à la main – sauf ses chiens, au poil noir luisant et au cou paré d'un bijou.

Chez Helen, ainsi qu'elle se présenta, Bill aima tout sur-le-champ : sa minceur, son parfum, et même ses petits chiens, qui vinrent lui renifler les jambes d'une manière amicale et accueillante. Elle avait un accent de la haute société, mais il n'y avait rien de prétentieux ni d'arrogant en elle. Elle ne semblait même pas savoir très bien comment procéder.

Elle avait un sourire timide et bienveillant, une poignée de main moite et mal assurée. « Voudriez-vous aller dans le jardin ? » suggéra-t-elle, comme si elle avait invité Bill pour le thé, ou comme si c'était elle, la candidate au poste.

Elles flânèrent dans le jardin de printemps et s'installèrent dans des transats jaunes sous un immense chêne. L'arrosage automatique crissait en tournant sur la pelouse. Helen se tenait un peu tassée sur elle-même, comme pour se faire pardonner sa taille. Ses jambes minces et ses chevilles fines gainées de bas de soie pâles étaient inclinées de côté, ses doigts effilés pianotaient nerveusement sur ses genoux, ses chiens au poil luisant étaient couchés à ses pieds.

« Vous n'aurez pas grand-chose à faire. Les employés ont la situation bien en main », dit-elle avec un sourire, en s'excusant presque. Le domestique, prétendument sorti pour voir si elles avaient besoin de quelque chose, voulait sans doute s'assurer que Bill se comportait correctement. Helen lui demanda d'apporter une tasse de café et quelques biscuits, et parut peu sûre de sa réponse.

Bill sirota le café et, s'apercevant qu'elle avait faim, grignota les biscuits avec gourmandise. Elle n'en avait jamais goûté d'aussi délicieux, faits d'une crème sucrée entre deux gâteaux roses croustillants. Helen parla des hortensias, qui poussaient si bien cette année-là, et des bulbes qu'elle avait plantés au printemps. Elle évoqua un fils de dix ans, d'un premier mariage, qui avait été envoyé en pension au Cap.

« Mon mari a jugé cela préférable. Il estime que la discipline est très importante pour un garçon », dit-elle tristement. Elle ajouta que son mari était lui-même un homme très discipliné, qui travaillait beaucoup et s'absentait souvent et, pour illustrer ce sentiment de vide, montra le grand jardin et l'imposante maison carrée. Sa voix trahissait sa solitude, pensa Bill, en la voyant glisser discrètement un morceau de biscuit à chacun de ses chiens. Elle se demandait quand son interlocutrice allait se décider à lui poser des questions difficiles, ou au moins à lui demander ses références, mais celle-ci restait assise là, à battre la mesure sur ses genoux de ses belles mains, le regard un peu rêveur dirigé vers la pelouse, comme s'il y avait quelque chose ou quelqu'un d'intéressant là-bas.

Helen – elle insista pour que Bill l'appelle comme ça – semblait assez surprise par toute cette affaire d'embauche d'une infirmière à domicile. Quand Bill rassembla son courage et, le cœur battant, lui tendit d'elle-même sa lettre de références, la femme se contenta de lancer un coup d'œil indifférent aux phrases éloquentes de Haze, écrites dans son plus beau style de secrétaire – « À qui de droit », avait-elle adressé sa missive –, avant de la lui rendre. Marmonnant que Bill était chaudement recommandée, elle ne demanda pas de numéro de téléphone, ni ne nota l'adresse fictive – « The Paddock, Morningside Drive, Houghton » – qu'elles avaient inventée.

Il était évident que l'idée de ce poste venait de quelqu'un d'autre, peut-être du mari, bien que pour l'heure Bill ne comprît pas pourquoi. La maison ne semblait pas mal tenue, au contraire, et Helen n'avait pas l'air malade, même s'il est vrai qu'elle paraissait dépourvue de toute autorité. Elle donnait surtout l'impression d'être bonne, intelligente et sensible. Elle avait un long cou blanc et gracieux, une grande bouche généreuse, et penchait légèrement la tête de côté en écoutant tout ce que disait Bill avec une attention plus que polie et en prenant le temps de réfléchir avant de répondre.

Elle interrogea Bill sur sa famille et sa vie, comme si elle avait vraiment envie de savoir. Bill n'avait jamais rencontré quelqu'un comme elle, qui l'avait questionnée et écoutée avec autant d'intérêt. La conversation ne faisait pas partie du répertoire de sa mère. Cette dernière usait de gestes : elle s'agrippait aux autres. Mais Helen sourit avec sympathie quand Bill dit, en toute sincérité, qu'elle avait toujours été très proche de ses deux sœurs et de son frère, bien qu'il fût beaucoup plus jeune. Elle ajouta que lorsqu'il était petit, elle le portait sur son dos dans une couverture.

Helen se leva et contempla le jardin d'un regard vague. « Eh bien, il se fait tard, dit-elle. Vous devriez sans doute aller chercher vos affaires. J'espère que vous serez heureuse avec nous. »

Bill comprit, tout étonnée, qu'elle venait d'être embauchée et commencerait le soir même. Helen paraissait aussi soulagée qu'elle que l'affaire fût réglée. Avant que Bill s'en retourne chercher ses quelques possessions, Helen garda sa main dans la sienne plus longtemps que nécessaire et dit, d'un ton presque pathétique : « J'espère sincèrement que nous serons amies, et que votre famille ne vous manquera pas trop. »

16

1956

UNE fois les verres vidés et les assiettes raclées, la famille monte en titubant dans les chambres à l'étage, à l'exception de Charles, qui annonce qu'il va seulement s'allonger un moment sur le sofa du salon, avant de retourner au travail. Ses sœurs investissent les chambres ordonnées et bien astiquées des garçons, aux lits à baldaquin en acajou recouverts de dessus-de-lit en broderie anglaise. Il y a là tous les livres qu'ils ont lus et relus pendant leur jeunesse – *Les Frères Hardy, L'Île au trésor, Robinson Crusoé* et *Les Robinson suisses* –, les épaisses encyclopédies qu'ils aiment encore feuilleter, leurs ouvrages sur les échecs, le bridge et les mathématiques, des livres sur l'équitation et la voile, ainsi que des classiques reliés de cuir – Rudyard Kipling, Conrad, Rider Haggard, les écrivains russes et français – et tous les autres gros volumes signés par des auteurs inconnus de Bill, qu'elle a été obligée de lire à Phillip quand il a eu la rougeole, en butant sur tous les patronymes russes. « Chéri, lui disait-elle, je ne peux pas te lire autre chose ? Je n'arrive pas à prononcer tous ces longs noms compliqués. »

Un jour, elle est entrée dans la chambre de Mark alors qu'il était à l'école et a ouvert le tiroir de son bureau. Elle ne savait pas très bien ce qu'elle cherchait : une lettre d'amour d'une fille ou son journal d'adolescent qui lui aurait permis de le comprendre. À la place, lorsqu'elle a ouvert le gros cahier noir, elle a trouvé de longs extraits arides de ses livres, recopiés à l'encre bleu roi de son écriture soignée. Un passage des *Frères Karamazov* à propos des terribles souffrances d'enfants innocents a attiré son attention : l'inexplicable existence du mal en ce monde. Était-ce à cela qu'il pensait ? Elle était chagrinée. Elle s'était toujours considérée comme une femme sensible, qu'émouvait la moindre histoire triste, mais seulement si l'histoire concernait des gens qu'elle connaissait, et pas quand il s'agissait de quelque idée abstraite du mal ou du malheur. Elle se l'est alors représenté sous les traits d'un farouche révolutionnaire, comme le Français dont il lui avait parlé, qu'on appelait l'Incorruptible, et qui coupait des têtes en veux-tu en voilà, dans une tentative désespérée d'éradiquer l'injustice.

Elle se retire dans sa chambre et plonge aussitôt dans un profond sommeil. Elle rêve d'Helen, qui flotte lentement vers elle à travers la pelouse rase, coiffée d'un chapeau gris à long plumet, élégant quoique incongru, un chapeau que portait quelqu'un d'autre, une vieille dame à l'une des tables de la pension où ils se sont installés après la mort du mari de Bill, et qui chapardait des morceaux de fruits qu'elle glissait dans son sac à ouvrage.

Les grands yeux pâles d'Helen se remplissent de larmes. Elle chuchote à son oreille. Bill a beau se pencher de plus en plus près, elle a du mal à saisir ce qu'elle lui dit. Puis elle comprend : Helen a mal. « Je ferai n'importe quoi pour vous », dit-elle, glissant un petit mot dans la main de Bill.

Elle se réveille en sursaut, la bouche sèche, le cœur battant très fort. Le vieux sentiment de tristesse, de regret et de perte s'écoule comme du sang dans ses veines. Elle regarde sa montre et s'aperçoit qu'elle a dormi pendant plusieurs heures et que la température a baissé, et pourtant elle a chaud, se sent encore fatiguée et n'a pas envie de se lever pour affronter le reste de la soirée, sa famille et M. Parks.

17

1935

HELEN fit entrer Bill dans sa chambre en lui redisant gentiment : « J'espère que vous serez heureuse ici avec nous. »

La pièce, qui offrait une vue dégagée sur le jardin romantique dans les ombres du couchant, ressemblait plus à une suite qu'à une chambre, avec son grand lit confortable sous la large fenêtre, recouvert de nombreux oreillers et coussins, sa bibliothèque dans une alcôve, garnie de livres reliés de cuir bleu et bordeaux, sa petite causeuse recouverte de soie bleue et son secrétaire en acajou. Il y avait même un bouquet de roses multicolores dans un vase rond en verre, posé sur un napperon de dentelle sur la commode, et une robe de chambre de coton disposée pour elle sur le lit.

Ce soir-là, elle dîna seule avec Helen dans la longue salle à manger, dont les portes-fenêtres ouvraient sur le jardin. Bien qu'un couvert eût été mis pour le mari au bout de la table d'acajou, décorée d'une coupe de roses blanches du jardin, il ne se montra pas. Assise en face d'elle, Helen paraissait nerveuse.

Elle vidait l'intérieur de son pain et faisait de petites boulettes de mie, mais mangeait peu. Ce fut à peine si elle toucha au délicieux rôti d'agneau accompagné de petits pois. Elle n'arrêtait pas de lancer des coups d'œil à la porte et au placard d'angle de la salle à manger, comme s'il abritait un voleur. Elle froissa sa serviette en lin, se leva avant le dessert et glissa nonchalamment vers la porte.

Helen avait cette capacité à flotter dans la vie, pas seulement dans les rêves. Bill trouvait qu'elle ressemblait à un ange, alors qu'elle dérivait vers la porte, les cheveux brillants, regardait par-dessus son épaule, s'excusait et portait délicatement à son front ses longs doigts ornés de bagues.

Elle déclara qu'elle avait la migraine, et Bill proposa de l'accompagner à sa chambre, mais elle déclina d'un geste de sa main gracile, lui disant de terminer son repas, et la laissa seule à la longue table. Bill resta assise dans un silence inconfortable, tandis que John se déplaçait autour d'elle, lui servant le dessert avec des gestes secs et furieux, son visage reflétant son déplaisir. Elle était une intruse ici. En quoi allait consister son travail ? Toutes sortes d'étranges possibilités lui traversaient l'esprit. Quelle qu'en soit la raison, le domestique n'approuvait pas. À contrecœur, il lui apporta une petite part d'une délicieuse tarte aux pommes, ponctuée d'une virgule de crème fouettée, suivie d'une tasse d'un café très fort et si chaud qu'elle se brûla la langue. Elle n'osa pas demander du sucre ou du lait.

Après cette longue journée, elle était étendue de tout son long sur son lit, en soutien-gorge et jupon, sous le ventilateur qui tournait vite et brassait l'air chaud de la nuit, quand elle entendit frapper à sa porte. Elle était en train de songer qu'elle avait peut-être commis une erreur et ferait sans doute mieux de remballer ses affaires et de rentrer chez elle. La situation lui semblait trop bizarre.

Se levant d'un bond, elle passa maladroitement le bras dans une manche de la robe de chambre et entrebâilla la porte. Le domestique qui lui avait ouvert et avait servi le dîner se tenait là dans son uniforme blanc et raide, une bande d'étoffe rouge sang en travers de la poitrine. Il l'informa d'un ton guindé que le maître l'attendait dans son bureau. Elle se rhabilla à la hâte et descendit l'escalier sans faire de bruit. Elle avait déjà compris la nécessité d'être discrète. Elle traversa le vestibule et frappa à ce qu'elle espérait être la porte du bureau.

« Entrez », dit une voix grave et agréable. Elle pénétra dans une pièce sombre, aux murs lambrissés et couverts de rayonnages de livres, du côté ouest de la maison. Il y avait un lourd canapé de cuir foncé, un phonographe et des rideaux de velours verts.

Il était assis dans l'ombre. Bien qu'elle distinguât à peine son visage, elle devina que c'était un homme d'ordre en remarquant la petite pile de papiers sur son bureau. Son cigare illumina ses traits et parfuma la pièce. Dans la lumière verte de la lampe de bureau et le rougeoiement du cigare, elle ne le trouva pas sans charme, bien qu'il fût nettement plus âgé qu'elle et plus proche de l'âge de son père. Il avait des yeux bleus lumineux, un front haut, blanc et dégarni, les cheveux argentés, clairsemés mais bien peignés. Écrasant son cigare dans le grand cendrier de verre, il la considéra, l'air sérieux et préoccupé.

Il ne se présenta pas, mais lui demanda de fermer la porte. Son expression était austère, sans être indifférente. Il l'observait, la consumait de son regard qui allait de son visage à ses pieds, en passant par le chemisier blanc de Pie et la jupe de Haze à présent un peu froissés. Elle n'avait pas eu le temps de se brosser les cheveux ou de se mettre du rouge à lèvres et, baissant les yeux, elle s'aperçut qu'elle avait mal boutonné son corsage, qui bâillait. Elle avait déjà vu des hommes la contempler de cette façon, mais ce n'était pas ce qu'il avait en tête. Il cherchait quelque chose de particulier.

Embarrassée, elle se força à croiser son regard quand il lui demanda son âge. Elle fut tentée de répondre que ça ne le regardait pas, ou de se rajeunir, comme il lui arrivait de le faire, mais elle se dit que pour une fois, son âge était peut-être un avantage. Elle avoua avoir vingt-sept ans.

Elle était habituée à ce que des gens qui ne la connaissaient pas la complimentent sur son physique, s'étonnant qu'elle soit célibataire, et elle les ignorait si elle pouvait. « Une beauté comme vous et toujours pas mariée ? Vous devez avoir un fichu caractère », disaient-ils avec un sourire taquin. Mais il ne sourit pas et commenta seulement, après un silence : « Bien. Pas trop jeune et impressionnable, je suppose. Et pas trop facile à amadouer » – une remarque qui paraissait incompréhensible et grossière. Indifférent à son silence, il poursuivit : « Ma femme m'a dit que vous aviez de bonnes références ? »

Elle eût aimé lui répondre que c'était à lui de le découvrir, mais se contenta de hocher la tête, sans cesser de soutenir son regard scrutateur et intelligent. « Quoi qu'il en soit, elle vous aime bien, et c'est le principal », conclut-il, lui adressant un sourire étonnamment franc, juvénile et malicieux.

Elle se rendit compte qu'il avait le sens de l'humour et devait savoir s'amuser. Il y avait aussi une lueur de complicité dans ses yeux bleus. Elle avait l'impression qu'il savait tout d'elle, avait immédiatement deviné ses secrets – le subterfuge, les fausses références – ou quelque chose de son passé qui lui serait utile – son écart de conduite, son aventure amoureuse, peut-être un scandale.

Et pourtant, elle se sentait à l'aise. Elle n'avait pas besoin de faire semblant. Elle se rapprocha du bureau, tourna son large bracelet en or autour de son bras et lui sourit.

« Êtes-vous capable de vous lever tôt le matin et de tenir compagnie à ma femme jusqu'à huit ou neuf heures du soir, heure à laquelle je rentre du travail ? Je ne veux pas qu'elle soit seule un instant.

— Je suis une lève-tôt. Je serais heureuse de lui tenir compagnie », répondit-elle. Elle ne pensait pas qu'Helen serait une compagne désagréable, et elle était habituée à la présence continuelle d'autrui, qu'elle appréciait, même. Elle se dit que cet homme avait dû s'apercevoir, comme elle, que sa femme était esseulée dans leur maison et leur jardin immenses. Elle était touchée par sa sollicitude. Quel mari aimant et attentionné. L'avantage de la richesse, supposait-elle, c'est qu'elle vous permettait de payer pour ce genre de service.

« Bien », dit-il. Puis il tendit une main, dans laquelle il tenait quelque chose, et murmura : « Je vais vous confier ceci. Je suis très souvent absent à cause de mon travail, et naturellement, je ne peux pas attendre des domestiques qu'ils aient l'autorité… » Pendant un instant, il hésita, referma le poing, qu'il porta à sa fossette au menton. Elle se rapprocha un peu dans la pénombre de la pièce pour voir ce qu'il dissimulait. « Je suppose que vous n'êtes pas du genre à perdre des choses, reprit-il.

— Non », répondit-elle, parce que jusqu'ici, elle n'avait pas eu grand-chose à perdre, bien qu'elle eût un jour perdu le plus important.

La famille ne possédait pas de voiture. Bill n'avait pour ainsi dire pas de bijoux, même si elle avait toujours conservé, soigneusement enveloppé dans du papier de soie et rangé dans un tiroir, un collier d'ambre offert par Isaac. Mais chez eux, aucune porte ne fermait à clé, même les toilettes extérieures n'avaient pas de verrou.

Il ouvrit la main et désigna chaque clé du trousseau : celle des placards de l'office, des placards du garde-manger, celle du coffre à farine de maïs des domestiques, du coffre à farine blanche, du cabinet à liqueurs de la salle à manger.

« Toutes ? Est-ce nécessaire ? » demanda-t-elle, faisant un nouveau pas en avant, hésitant, essayant de comprendre.

Il lui mit fermement le porte-clés dans la paume et replia les petits doigts de Bill dessus en les couvrant de sa main chaude et solide. Elle se souvint alors de l'employé qui avait donné la grosse clé à Isaac dans le vieil hôtel et sentit un petit frisson lui parcourir le corps au moment où il disait : « Vous devez vous assurer que les portes restent bien fermées. C'est important, vous comprenez ? »

Sa propre femme, pensa-t-elle, commençant à prendre la mesure de la situation. Il ne fait pas confiance à sa propre femme.

Il lâcha sa main, et elle resta là à contempler les clés, dont chacune portait une étiquette écrite avec soin à l'encre bleue.

18

1956

DE son lit, elle entend qu'on gratte à sa porte. « Qui est-ce ? » s'enquiert-elle.

Le cuisinier, qui apporte le plateau du thé, lui annonce que son frère veut lui parler. « Dois-je lui dire de s'en aller ? demande-t-il.

— Oh, qu'il entre », répond-elle, et elle soupire, contrariée, en s'adossant à ses oreillers. Elle marmonne, autant pour elle-même que pour le cuisinier, en lui prenant des mains sa tasse de thé : « Apparemment, je ne suis bonne qu'à aider ma famille. »

Il secoue la tête et fait claquer sa langue en signe de sympathie et pour signifier ce qu'il pense de leurs exigences.

Sans y être invité, Charles passe sa tête brune par la porte ouverte et demande s'il peut entrer. Les yeux baissés, il froisse les papiers qu'il tient derrière son dos. Il s'approche, avec son habituel air embarrassé et son sourire coupable, s'assied au bord du lit, à côté d'elle, et refuse la tasse de thé qu'elle lui propose. Il lui caresse la main en parlant.

« Parfois, il m'arrive de regretter ce qui s'est passé
– tu vois ce que je veux dire ? commence-t-il. J'ai toujours essayé de t'aider, de réfléchir à ce qui serait le
mieux pour toi, pour nous tous. »

Elle s'est souvent confiée à lui, dès son jeune âge,
lui racontant ce qui lui occupait l'esprit. C'était un
gain de temps : avec lui, elle n'avait pas besoin d'expliquer les choses. Elle avait le sentiment qu'il comprenait l'incapacité de leur mère à s'occuper de quoi
que ce soit, la connivence impuissante qui la liait à
leur père, la rigidité et la rectitude de ce dernier. Elle
s'était même confiée à lui quand il était encore un
très jeune garçon, et qu'elle-même, tout juste âgée
de dix-sept ans, était follement amoureuse et avait
perdu ce qu'elle possédait de plus cher.

Les conseils qu'il donnait lui paraissaient toujours remarquablement sensés, même si elle rechi-
gnait parfois à les suivre. Il ne manquait pas de bon
sens, faute d'en faire grand usage dans sa propre vie.

« J'essayais de te donner de bons conseils quand
tu venais me voir le dimanche, pendant ton jour de
congé, et que nous parlions, dit-il.

— Que je parlais, plutôt », réplique-t-elle en souriant. Elle plonge dans ses yeux sombres et se demande
pourquoi il évoque cette période.

19

1935

ELLE parla sans discontinuer à Charles lorsqu'elle rentra à la maison pour son premier dimanche de congé, un mois après son installation dans la maison de Hume Road. À la fin du grand déjeuner familial, l'air était encore imprégné des odeurs du repas de bienvenue, du pot-au-feu, des choux et des carottes, et du pudding à la custard – cette lourde cuisine anglaise que sa mère affectionnait et qui était si peu adaptée à la chaleur du climat. Elle se coula voluptueusement dans le vieux canapé de cuir à côté de lui, les mains au repos, les pieds nus posés sur un repose-pieds. Les fins rideaux n'offraient aucune protection contre la lumière éclatante.

Ils parlèrent, pendant que leur mère et leurs sœurs s'affairaient dans la cuisine et que leur père faisait sa sieste dans la chaleur estivale. Comme elle avait rapporté son premier mois de salaire, on ne lui demanda pas de faire la vaisselle ou d'aider aux travaux de couture qu'effectuaient toujours les autres. Elle était contente de pouvoir se confier à son frère, qui lui accordait toute son attention. Ensemble ils fumèrent des Craven « A », toutes fenêtres ouvertes, en balayant la fumée afin que leur père n'en sente pas l'odeur quand il finirait par se lever en titubant après sa sieste.

« Alors, comment ça se passe ? » s'enquit Charles en retirant un brin de tabac de sa langue. Elle lui raconta que le mari n'arrêtait pas de la suivre ou de la faire appeler. Elle sentait son cigare cubain chaque fois qu'il était à la maison, une odeur qui le suivait à la trace. Il l'interceptait le matin pour l'interroger, surgissant soudain devant elle dans l'étroit couloir aux murs décorés de gravures de scènes de la vie londonienne, les *Cries of London* de Wheatley.

Il semblait être partout et apparaissait inopinément dans tous les coins. « Je n'arrête pas de tomber sur lui », dit-elle à Charles. Il arpentait à grands pas les nombreuses pièces de la vaste maison, haute silhouette en chemise Sulka de couleur pâle et élégantes chaussures anglaises. Il éteignait les lumières et fermait les robinets qui gouttaient. Il attendait d'elle qu'elle mérite son généreux salaire. Souvent, il lui parlait dans un murmure, de sa voix grave et persuasive, et elle sentait le parfum mentholé de son haleine.

« Il me pose des questions sur elle, et parfois, je ne sais pas quoi lui répondre, avoua-t-elle.

— Dis-en le moins possible si tu veux garder ton boulot, lui conseilla Charles. Dis-lui juste ce qu'il a envie d'entendre : que tout va bien.

— Mais tout ne va pas bien », protesta-t-elle. Elle voulait garder tout à la fois son salaire coquet, la belle chambre bleue où elle dormait seule dans le grand lit et sa salle de bains particulière et immaculée, où elle prenait son bain le soir et s'attardait paresseusement dans l'eau parfumée en chantant. Elle était presque tombée amoureuse d'Helen, et ne savait pas exactement ce qui n'allait pas chez elle, pourquoi elle était si dépendante, pourquoi son mari s'inquiétait autant pour elle. Elle comprenait que lui et elle étaient des alliés dans un jeu dangereux, bien qu'elle ne saisisse pas encore jusqu'à quel point il l'était.

Elle lui raconta que, comme elle en avait reçu l'ordre, elle était allée dans la grande chambre d'Helen de bonne heure le premier matin, dès qu'elle avait entendu la Rolls Royce du mari s'éloigner dans l'allée. Elle avait trouvé la porte close et était restée un moment à écouter le silence de l'autre côté. Puis elle avait frappé doucement en disant : « C'est moi. » N'obtenant pas de réponse, elle avait hésité. Elle s'était rappelé les instructions du mari et avait frappé un peu plus fort, avant d'ouvrir doucement la porte et d'entrer dans la chambre obscure.

Elle avait trouvé Helen assise à sa coiffeuse, en soutien-gorge de dentelle crème, jupon de soie et pantoufles légères, ses beaux cheveux argentés détachés sur ses épaules, la tête ployant comme un perce-neige, l'image même de la fragilité et du découragement. Les chiens noirs la regardaient avec méfiance dans leur panier en forme de rein. Le plateau du petit déjeuner était intact sur le lit : elle n'avait touché ni aux fruits, ni au porridge, ni au café dans la belle cafetière en argent. Elle pleurait en silence, mais quand elle avait aperçu Bill, elle s'était levée et s'était mise à faire les cent pas dans la chambre.

Bill avait cherché que dire ou faire pour la réconforter. Elle lui avait demandé quels étaient ses projets pour la journée. Comme Helen ne répondait pas, sur une impulsion, elle avait pris le gros livre russe sur la table de chevet et, feuilletant les pages où s'étalaient de longs noms imprononçables, avait proposé de lui faire la lecture.

« À quoi bon tout ça ? » avait fini par demander Helen. Elle avait dit qu'elle avait mal partout, comme si elle avait la grippe. « Si vous saviez ce que ça fait de se réveiller tous les matins et de se retrouver ici avec cette même douleur lancinante », avait-elle ajouté d'un ton désespéré. Puis elle avait parlé de l'absurdité de sa vie, de son existence inutile, entourée de tous ces domestiques qui faisaient tout à sa place. Elle avait dit que rien ne l'attirait. Quel intérêt ? Tout semblait dénué de sens.

Pour Bill, cette litanie de plaintes mystérieuses avait quelque chose de fascinant et d'exotique, peut-être parce qu'elle avait toujours été en bonne santé et devait travailler pour gagner sa vie. En présence d'Helen, elle avait soudain eu l'impression que le voile se déchirait, que les lois oppressantes de ses parents étaient abrogées. Oui, avait-elle pensé, c'est ici que je veux être.

Elle avait proposé qu'elles passent leurs après-midi au cinéma, comme elle le faisait étant jeune, quand elle prenait le tram pour Johannesburg afin d'aller voir Rudolph Valentino dans *Le Cheik*, mais Helen avait décliné.

Elle voulait rendre Helen heureuse. Elle comprenait que son emploi en dépendait. Mais au-delà de ça, elle ne voulait pas la voir malheureuse. Elle souhaitait que les gens soient heureux autour d'elle. Elle se sentait obligée de les rendre heureux. S'ils ne l'étaient pas, elle devait redoubler d'effort ; c'était une de ses faiblesses.

Elle voulait aussi qu'Helen l'apprécie, et elle s'appliquait à ce qu'il en soit ainsi. « Qu'avez-vous fait, finalement ? » demanda Charles.

Elle répondit qu'elle avait parlé de tout ce qui lui passait par la tête : de vêtements, de nourriture, de musique et même de livres, elle qui en avait lu si peu, contrairement à Helen. Celle-ci avait un diplôme de littérature anglaise de l'université du Cap, comprenait le français et l'italien, et s'adressait à ses domestiques en zoulou, langue qu'elle parlait couramment.

Si l'école lui avait paru une perte de temps, Bill avait lu pendant la période qu'elle avait passée chez ses tantes. Elle avait raconté à Helen que *Le Moulin sur la Floss* était un de ses romans préférés et prétendu avoir lu certains livres qu'elle avait seulement vus sur une étagère dans le bureau du mari.

Helen lui avait demandé si elle connaissait *Jude l'Obscur.* « Tellement triste – ces pauvres enfants », avait commenté Helen, et Bill avait affiché une mine de circonstance, bien qu'elle n'eût jamais ouvert ce livre.

Elle inventait des histoires, exagérait, brodait un peu autour de la vérité, et Helen l'écoutait attentivement alors qu'elles déambulaient, bras dessus, bras dessous, dans l'ombre et la lumière du ravissant jardin. Helen l'observait de ses grands yeux bleu pâle, manifestement amusée et touchée de la voir faire autant d'efforts. Elle passait le bras autour de la taille de Bill, posait sa tête douloureuse sur son épaule en disant : « Je veux être une bonne épouse, faire ce qu'il faut. »

Bill avait raconté à Helen qu'étant petite, elle était grosse et très gourmande, et qu'un jour où on lui avait donné de l'argent pour s'acheter des chaussures d'école, elle l'avait utilisé pour s'offrir une boîte de gâteaux à la crème qu'elle avait mangés jusqu'au dernier, dans le tram en rentrant. À cette époque, les enfants récitaient sur son passage le célèbre poème : « Oh, grosse dame blanche que personne n'aime, pourquoi te promènes-tu dans les champs en gants blancs ? » Elle faisait rire Helen.

Elle en était venue à se confier à elle, à partager le secret de son histoire d'amour avec un juif quand elle avait dix-sept ans. « Mes parents s'y sont opposés, et ils ont fait annuler le mariage », lui avait-elle raconté.

Un matin particulièrement radieux, elle avait demandé, pleine d'espoir, si elles pouvaient passer un disque sur le phonographe. Elle adorait écouter les dernières comédies musicales. Helen lui avait souri et demandé comment elle réussissait à être toujours si enjouée.

Elle l'avait forcée à s'habiller et emmenée en bas, dans le bureau, où elle avait ouvert les rideaux pour laisser entrer la lumière du jour. Elle avait mis un disque, roulé le tapis et pris Helen par la main. « Venez danser avec moi », avait-elle dit en l'entraînant sur le parquet. Elle ondulait et faisait tournoyer son corps souple dans sa robe chemisier de coton mauve, dont la jupe large se gonflait autour d'elle, se soulevait et retombait, alors qu'Ethel Merman chantait *I Got Rhythm* sur le phonographe. Bill aimait tellement danser ! Elle était sûre qu'Helen s'amusait elle aussi, avec les fenêtres grandes ouvertes sur la vaste pelouse rase, le bruit de la tondeuse et l'odeur d'herbe fraîchement coupée. Toutes deux riaient comme des gamines.

Le soir, elle incitait Helen à jouer pour elle sur le Steinway, et pour la première fois, elle avait réussi à apprécier la musique classique : Brahms, Mozart, et même Bach.

Un jour, elle l'avait persuadée d'aller faire un tour en ville dans la Chevrolet verte : toutes deux s'étaient installées dans l'ombre de la banquette arrière, où elles avaient continué à bavarder. Elle avait même réussi à la faire nager, par une chaude journée de novembre, dans la grande piscine. À force de cajolerie, elle l'avait entraînée, craintive, dans l'eau fraîche.

Le mari était rentré un soir alors qu'elles se baignaient. Levant la tête, elle l'avait vu traverser à grands pas la pelouse, son cigare rougeoyant à la main, dans le jardin crépusculaire. Elle l'avait observé pendant qu'elles continuaient à faire des longueurs dans le bassin. Il leur avait raconté sa journée de travail à l'entrepôt de bois qu'il avait monté seul à Johannesburg quand il était jeune. Du bord de la piscine, il lui avait souri, satisfait, quand elle avait arrêté de nager. Il avait tendu la main pour l'aider à sortir.

Ôtant son bonnet de bain, elle avait secoué ses cheveux. L'eau dégoulinait sur les courbes de son corps. Il s'était approché, lui avait chuchoté à l'oreille « Beau travail », et avait pressé sa main.

20

1935

ELLE ne réussissait à distraire Helen de ses tour-
ments que pendant de brefs moments et, les jours
passant, un mois de décembre chaud et immobile
s'installa.

« Si je pouvais juste rester en mouvement, bouger
sans arrêt », disait soudain Helen, assise à côté d'elle
à l'arrière de la Chevrolet. Quand le chauffeur les
conduisait en ville, elle se prenait les tempes entre les
mains et s'exclamait : « Ça bourdonne dans ma tête.
C'est épouvantable ! Si vous saviez ! »

Un matin, Bill entra dans sa chambre sans frapper. Les clés cliquetaient à sa taille, lui donnant de
l'importance. Cette fois, Helen lui lança un regard
impatient. « Vous pourriez frapper, vous savez, dit-
elle. Je n'ai donc pas droit à la moindre intimité ? »
Assise à sa coiffeuse, les bras croisés, elle se plaignit
de ne plus être maîtresse chez elle ; elle comptait
pour rien ; les domestiques se moquaient d'elle.

Bill s'approcha, s'assit sur le long tabouret à côté
d'elle et lui prit la main. « Pourquoi se moqueraient-
ils de vous ? » Helen releva la tête et la regarda dans

les yeux. « Je ne crois pas que vous compreniez ce qui se passe ici. Que vous a dit mon mari ? » Bill baissa les yeux, l'air coupable, alors qu'Helen touchait les clés à sa taille. De quel droit les détenait-elle ? Pourquoi devait-elle être présente en permanence ?

Helen l'observait plus attentivement et semblait réfléchir. Elle reprit : « Il est impossible, vous savez. Je l'ai su dès que je l'ai rencontré.

— Comment l'avez-vous rencontré ? »

Elle lui expliqua que de vieux amis, qui s'inquiétaient pour elle, les avaient présentés. Elle lui raconta ce que Bill crut d'abord être toute l'histoire, bien qu'elle comprît ensuite qu'Helen avait omis les parties les plus importantes.

Elle était follement amoureuse de son premier mari, un Anglais, blond et efflanqué, artiste de talent. Un matin, il lui avait dit qu'il ne trouvait plus le mot désignant la chose dans laquelle on promenait un bébé. « Tu veux dire un landau ? » avait-elle répondu en le dévisageant. Trois mois plus tard, il mourait d'une tumeur au cerveau. Il ne lui avait rien laissé d'autre que leur petit garçon et une montagne de dettes. Il n'avait même pas payé le loyer du charmant cottage au toit de chaume où ils vivaient, dans le jardin de quelqu'un d'autre, ni la pauvre domestique qui l'aidait à s'occuper de leur fils.

Petite fille, elle avait été une musicienne prodige, mais pas assez douée cependant pour devenir professionnelle. Elle s'était mise à écrire et avait même publié une nouvelle dans un magazine féminin. Mais elle avait besoin de sécurité. Elle était incapable d'occuper un emploi, même de secrétaire. Elle était mauvaise dactylo. L'enseignement ne rapportait pas assez.

Ses amis l'avaient invitée à dîner et placée à la droite de cet homme grand et séduisant, quoique dégarni, vêtu élégamment et un peu plus âgé qu'elle. Tout de suite, il l'avait exhortée à manger davantage et à ne pas boire autant de vin. Il avait insisté pour la raccompagner chez elle et, une fois arrivé, avait évidemment voulu entrer « prendre un dernier verre ». Elle avait alors réussi à se débarrasser de lui, ou du moins l'avait-elle cru, car quand elle s'était réveillée le lendemain matin, elle avait découvert qu'il était revenu – elle ne fermait jamais ses portes à clé – et avait rempli la pièce de gigantesques corbeilles de roses rouges. Où qu'elle pose son regard, il y avait ces énormes corbeilles de roses rouges. Dans l'une d'elles, il avait laissé un mot disant : « Je reviendrai à cinq heures », comme si elle n'avait pas le choix.

Il l'électrisait et la terrifiait tout à la fois. Il avait insisté pour l'inviter à dîner le lendemain dans un grand restaurant ; il voulait lui offrir des bijoux, un très beau collier, dont les perles étaient aussi grosses que des cerises. Elle avait protesté, mais il avait compris ce dont elle avait besoin.

Il lui avait montré sa maison : le piano à queue, les livres, les fleurs, les domestiques silencieux et souriants dans leur costume blanc – qui n'eût pas succombé à tout ça ?

Elle avait accepté, et il s'était occupé de tout, notamment de son fils, de la nounou, puis de l'école privée du garçon.

Ensuite, il lui avait imposé ses exigences. Il insistait pour qu'elle soit là chaque fois qu'il avait besoin d'elle. Elle n'était jamais libre de vivre sa propre vie. Elle devait assister à tous ses dîners d'affaires, participer à ses voyages incessants, aller se coucher et se lever en même temps que lui. Il refusait absolument qu'elle travaille. « Pourquoi donc voudrais-tu travailler ? disait-il.

— Mais je veux écrire.

— Je n'ai pas envie que tu écrives un livre où je me retrouverais sûrement sous des traits peu flatteurs. »

Il l'obligeait à faire l'amour à des moments et en des endroits incongrus. Il lui arrivait parfois de rentrer à l'improviste et de la surprendre alors qu'elle travaillait dans le jardin. Elle était là, au soleil, coiffée de son chapeau de paille, portant des gants de jardinage et de vieilles et grosses chaussures. Sans un mot, il la prenait par la main et la faisait traverser la pelouse, la poussait dans l'abri de jardin et l'obligeait à se mettre à quatre pattes par terre. Il lui arrachait ses vêtements et la prenait par-derrière comme une bête sauvage. Ou alors, il se jetait sur elle quand elle jouait du piano, le soir, la traînait dans l'escalier jusqu'à la chambre et la plaquait contre le mur. « Debout comme des étalons », disait-il. Il la pénétrait alors de ses longs doigts. Elle devait prononcer les choses abominables qu'il voulait entendre.

Après, elle prenait un bain et se récurait jusqu'à avoir la peau rosie, pour se débarrasser de son odeur, de sa présence persistante, de la honte qu'elle ressentait.

Il était d'une jalousie maladive et s'imaginait toujours qu'elle sortait avec d'autres hommes. Elle ne pouvait même pas aller en ville toute seule. Elle n'avait pas le droit d'aller au Cap pour rendre visite à son fils en pension. Ses anciens amis artistes lui manquaient, des gens intéressants, des intellectuels, qui échangeaient des idées, parlaient de politique, de l'apartheid. Sans eux, sans personne avec qui partager son travail, elle était incapable d'écrire.

Elle considérait Bill comme sa geôlière, comme une espionne, un cafard, qui allait au rapport. Elle retira sa main de celle de Bill et la regarda. Bill se demandait que répondre. « Je ne suis pas votre geôlière ! » s'exclama-t-elle en soutenant le regard clair d'Helen. Mais c'était précisément ce qu'elle était. Elle détenait toutes les clés. Elle ne s'en séparait jamais. Où qu'elle aille, elles l'accompagnaient de leur cliquetis. Et elle était toujours avec Helen, à chaque instant de la journée, comme elle avait promis de l'être.

« Je vais m'en aller, si c'est ce que vous voulez, dit-elle. Je ne veux pas jouer ce rôle-là. »

Helen soupira et répondit : « Vous ne comprenez pas : ça ne changerait rien. Il trouverait seulement quelqu'un d'autre, et vous, au moins, je vous aime bien. Vous êtes comme une bouffée d'air pur, ici. »

21

1956

CHARLES s'essuie la bouche et tire sur sa mèche sombre d'un air contrit. « Désolé de te causer encore du souci, mais je ne sais pas vers qui d'autre me tourner, dit-il.

— Que puis-je pour toi ? demande-t-elle, comme elle finit toujours par le faire, en levant les yeux vers lui, son vieil ami qui accourait quand elle criait la nuit en voyant un ange au pied de son lit, celui qui appelait leur père pour qu'il vienne la délivrer quand elle se coinçait la tête entre les barreaux de cuivre.

— Je me demande si tu pourrais me dépanner ? » Il se trémousse sur le lit pour se rapprocher d'elle et lui fourre des papiers sur les genoux, comme ses fils le faisaient autrefois avec ses diamants. « Je crains d'être encore un peu juste, ce mois-ci. Je ne comprends pas ce qui s'est passé.

— Ce salaire de misère qu'ils te paient n'est jamais suffisant, voilà tout », dit-elle. Elle jette un coup d'œil à ses nombreuses factures, agrafées à une colonne de chiffres dont le total est inscrit en bas. Sa femme a acheté un nouvel ensemble de mobilier pour son salon. Sourcils froncés, Bill se demande, inquiète, si elle rend vraiment service à son frère en réglant systématiquement ses dettes. Mais que faire d'autre ?

Elle lui dit d'aller chercher son chéquier dans le tiroir de la coiffeuse et lui signe un chèque couvrant le montant des dépenses.

« Tu es une petite mère pour moi, Bill, murmure Charles, comme il le fait toujours, et il l'embrasse sur les deux joues.

— Je vais faire en sorte que tu sois toujours à l'abri, déclare-t-elle. Je vais en parler à Parks.

— Tu ferais bien de lui donner dix mille livres pour le convaincre, et qu'il se tienne tranquille, si tu veux qu'il exécute tes volontés », ajoute-t-il, avant de partir. Il se lève en hâte, et elle l'entend siffler alors qu'il dévale la route en pédalant et va retrouver une épouse qui a beaucoup d'appétit pour les meubles de luxe.

1936

UNE après-midi, elle perdit Helen. C'était en janvier, par une chaude journée d'été, trois mois après son embauche. Elles étaient assises dans les transats jaunes du jardin et sirotaient leur café, servi dans des tasses à liseré doré, après un déjeuner copieux. Le moment était paisible : une abeille bourdonnait, un domestique chantait en travaillant, et elle souriait à Helen. Elle saisit une image de ce à quoi elle avait dû ressembler quand elle était très jeune, les yeux pleins de curiosité, les cheveux blonds, la peau claire et lisse. Elle se demanda comment cette petite fille pleine de vie avait pu devenir une femme si solitaire, une femme qui semblait avoir perdu espoir. Puis elle ferma les yeux face à l'éclat du soleil et dut s'assoupir.

Elle se réveilla en sursaut. Regardant autour d'elle, elle ne vit que le chapeau de paille de Livourne, la tasse à café avec une trace de rouge à lèvres sur le bord et, posé dans l'herbe, le livre qu'Helen était en train de lire. Paniquée, elle grimpa le talus à toutes jambes en direction de la piscine.

À cet instant, il lui apparut de manière très évidente qu'Helen souffrait de dépression, et que son mari n'était pas le tyran qu'elle avait dépeint, mais qu'il était inquiet et craignait que sa femme essaie peut-être d'attenter à ses jours. Les plaintes qu'elle avait formulées prenaient elles aussi tout leur sens dans cette lumière : son sentiment d'inutilité, son absence de buts, son manque d'énergie.

Elle courut à perdre haleine à travers les parterres de roses blanches qui étincelaient dans la vive lumière ; tous les bruits de cet endroit ensoleillé, le bourdonnement des abeilles au-dessus des fleurs, la stridulation des cigales, le cri d'un oiseau, ainsi que le tambourinement de son cœur, lui parvenaient distinctement. Debout au bord de la piscine, elle baissa les yeux vers les reflets vacillants créés par les branches du chêne qui s'agitaient en surplomb et, l'espace d'un instant, crut distinguer une ombre au fond de l'eau.

Puis elle traversa la pelouse en courant vers la maison, envisageant d'autres possibilités : couteau de cuisine, gaz, ou même – qui sait ? – un fusil caché. Elle se rappela un livre que lisait Helen, dans lequel un homme au cerveau détraqué par la guerre se suicidait en se jetant par la fenêtre, à Londres. Elle leva les yeux vers les fenêtres, mais elles étaient fermées, tout comme les persiennes, à cause de la chaleur. Elle entra dans la grande cuisine, où les domestiques étaient occupés à préparer le dîner, tasser le beurre entre des spatules dentelées, pétrir de la pâte ou arroser le rosbif. Ils la dévisagèrent en silence, sans interrompre leur tâche, quand elle leur demanda s'ils avaient vu leur maîtresse. Elle prit ensuite le long corridor, traversa le salon et la salle à manger silencieux, dans lesquels les portraits, l'argenterie étincelante, les fleurs épanouies dans des vases en cristal semblèrent se moquer d'elle. Elle grimpa quatre à quatre l'escalier au tapis vert et galopa dans le couloir en entendant un bruit d'eau qui coulait.

Elle le suivit jusqu'à la porte de la salle de bains de ses employeurs. Elle s'imaginait Helen en train d'expirer dans la baignoire, les poignets tailladés. De l'eau coulait toujours à l'intérieur. Elle voulut ouvrir la porte, mais elle était verrouillée. « Helen ! » appela-t-elle en secouant désespérément la poignée. Enfin, elle prit son trousseau de clés et, les mains tremblantes, les passa en revue jusqu'à ce qu'elle trouve la bonne.

À travers la buée qui envahissait la vaste pièce au carrelage noir et blanc, elle ne distingua d'abord que la forme de la grande baignoire et une vague silhouette derrière le rideau de douche. « Helen ? demanda-t-elle timidement, s'avançant sur la pointe des pieds. Tout va bien ? » Mais elle ne reçut pas de réponse. Elle tira alors le rideau d'un coup sec.

Helen était assise, nue, dans l'eau chaude, les cheveux remontés sur le crâne, le visage couvert de sueur, la tête penchée en arrière, de la vapeur montant autour d'elle. Mais il n'y avait pas de sang. Elle n'était pas à l'agonie. Installée dans son bain chaud, souriant, elle était en train de siffler une grande bouteille de gin. Bill la lui prit des mains et vida le peu qu'il en restait dans le lavabo. Helen la regardait, les yeux vitreux, prise de fou rire. Bill l'attrapa par le bras et la souleva pour la faire sortir de la baignoire, enveloppa son corps ruisselant d'une épaisse serviette, la conduisit à sa chambre et essuya ses fines courbes blanches. Elle ne put s'empêcher de remarquer la silhouette juvénile, les seins fermes, que la maternité n'avait pas abîmés. Elle la mit au lit et la couvrit d'un drap. Helen continua de rire pendant un moment, puis sembla s'endormir.

TROISIÈME PARTIE

23

1956

C'EST le début d'une chaude après-midi, une semaine après la visite de M. Parks. Elle n'a toujours pas pris de décision concernant son testament, mais elle sait qu'elle ne peut pas continuer comme ça.

Aujourd'hui, ses deux fils sont à la maison pour leur dimanche de sortie, mais ils devront bientôt repartir au pensionnat. Ils ont partagé un copieux déjeuner. Les garçons se sont gavés de poulet rôti et de pommes de terre au four, de salade de fruits et de glace, pour faire plaisir au cuisinier. Celui-ci s'affairait autour d'eux en gloussant de satisfaction, allant et venant entre la table et le buffet, faisant tinter le décapsuleur contre les bouteilles pour savoir ce qu'ils préféraient : Coca-Cola ou limonade.

« Bon », dit-elle en regardant ses fils de l'autre côté de la table. Des mouches volent au-dessus de la coupe pleine de fruits, comme autrefois dans la maison de R Street. Elle prend une gorgée de bière pour se donner du courage. Son cœur tambourine quand elle se lance :

« J'ai quelque chose à vous dire. »

Elle a si peu parlé à ses fils ! Ce sont de très gentils garçons, travailleurs et tellement boy-scouts. Elle désire tant qu'ils l'aiment et l'admirent.

Ils se tiennent droits, en chemise de coton blanc et bermuda gris – aucun d'eux n'accepte de porter les chemises de couleur vive qu'elle leur achète –, leurs cheveux clairs leur tombant dans les yeux, la peau rosie par le soleil et l'indignation, leurs longs doigts croisés sur la table, impatients d'entendre ce qu'elle a à leur dire.

Elle ne sait pas très bien par où commencer. S'ils étaient des filles, ce serait peut-être plus simple. On parle plus facilement aux filles, qui sont probablement plus indulgentes. Ses fils ont vécu une vie si différente de la sienne : ce sont des enfants privilégiés. Elle craint, si elle atermoie, que quelqu'un d'autre ne leur en parle, M. Parks, peut-être, dont la lèvre supérieure rose pointerait sous la moustache.

Elle a dit au cuisinier de prendre quelques heures.

« Quoi donc ? » demande Phillip, les yeux brillants de curiosité.

Elle s'arme de courage et déclare : « On ne tombe vraiment amoureux qu'une fois dans sa vie. » Ils la regardent, confus : qu'est-ce qu'ils connaissent à l'amour ? Elle boit une autre gorgée et fait une nouvelle tentative. Elle leur annonce qu'elle a été mariée avant d'épouser leur père.

« Pourquoi tu ne nous l'as jamais dit ? » demande Phillip.

Elle explique qu'elle s'est enfuie de chez elle à dix-sept ans – l'âge de Mark aujourd'hui – parce qu'elle savait que ses parents n'auraient pas approuvé son choix et ne l'auraient jamais autorisée à l'épouser lui, ou à épouser quiconque, d'ailleurs. Elle s'était donc enfuie.

« Tu veux dire que tu es passée par la fenêtre en cachette, pour te sauver avec ton amoureux ? » demande Phillip. Bill hoche la tête.

« Comme c'est romantique ! s'exclame Mark, et il applaudit de ses longues mains fines, en battant de ses paupières blanches.

— On dirait une histoire tirée d'un livre », commente Phillip avec enthousiasme. Il veut en savoir plus : « C'était qui ? »

Elle ne s'attendait pas à ces questions pressantes ni à une réaction aussi joyeuse. Elle aurait dû se douter que cette histoire les intéresserait. Elle les a mal jugés. Leur curiosité la déstabilise ; elle n'est pas préparée à en divulguer davantage.

Elle répond qu'il s'appelait Isaac et qu'il était juif.

« Vraiment ! Un juif ! » dit Phillip, que cette idée semble enchanter. Pour lui, les juifs sont tous des intellectuels. Il les admire.

Elle hoche la tête. Elle leur raconte qu'Isaac n'était guère plus âgé qu'ils le sont maintenant, qu'il était grand, roux et avait des taches de rousseur. « Il avait une barbe magnifique », ajoute-t-elle. Elle porte la main à sa joue et sourit à ce souvenir. Elle voit que tout cela les ravit, mais pas pour les raisons qui la ravissaient.

« Il chantait *Tea for Two* et *I Want to Be Happy*, mais pas très bien. » Elle rit.

Elle l'avait rencontré au bureau de son père et était tombée folle amoureuse de lui. C'était un homme qui, comme leur grand-père, savait tout sur les pierres précieuses, et passait ses journées l'œil vissé à une loupe.

« Qu'est-il arrivé ? » demande Phillip.

Emportée par leur enthousiasme, elle leur dit que la loupe lui est tombée des mains quand il a levé les yeux vers elle. Elle ne se souvient pas de ce détail précis, mais c'est peut-être vrai.

Elle laisse de côté les parties les plus importantes de l'histoire, sentant ses joues s'empourprer, et préfère leur parler des tantes.

« Celles qui n'ont pas pu se marier à cause du testament de leur père ? demande Mark.

— C'est ça. »

En ce temps-là, Kimberley attirait tout un tas de gens résolus à faire fortune dans le diamant ou de n'importe quelle autre façon, leur explique-t-elle. Elle n'a jamais vraiment cru à l'histoire des tantes, mais des cousins l'ont pourtant confirmée, lui disant qu'ils n'avaient pas arrêté de leur envoyer des soupirants pour les inciter à se marier et à abandonner l'argent, bien que, ironie de l'histoire, il n'y en ait jamais eu tant que ça.

Phillip rit et dit qu'il se rappelle être allé dans leur maison. Il garde un souvenir du long couloir étroit et obscur et du jardin à l'arrière avec son figuier. Il était sorti pour ramasser des figues tombées par terre. Toutes roucoulantes, les trois tantes s'étaient extasiées devant Mark et lui, leur avaient touché les cheveux, les joues et les mains, comme s'ils étaient des objets précieux.

« Des diamants, dit Bill. Elles s'imaginaient que vous étiez des diamants. »

24

1925

« C'est la meilleure solution, dit tante Winnie en lui apportant un plateau chargé de pain, de fromage, de quelques figues et d'un verre de xérès, alors qu'elle était couchée, seule, pleurant dans sa chambre obscure. Tu rencontreras un charmant jeune homme de la même religion que nous, qui t'épousera dans l'église où tu as été baptisée et confirmée, et à laquelle tu appartiens, et tu reprendras le cours ta vie. »

Mais elle continua de pleurer, sans lever la tête, et quand sa tante quitta la chambre, elle posa le plateau par terre. Elle pouvait aussi bien mourir de faim. Elle était convaincue que sa vie était finie. Comment pourrait-elle jamais reprendre comme avant ?

Elle avait raison sur ce point, bien qu'elle n'eût pas mesuré, au début, combien les choses avaient changé.

En entrant dans la salle à manger un matin, après quatre semaines de désespoir dans cette maison, et en sentant l'odeur du porridge que l'on servait au petit déjeuner avec un filet de sucre roux, elle se sentit prise de nausée et se mit à transpirer. Les tantes la dévisagèrent puis se regardèrent, soupçonneuses, en haussant les sourcils. Tante May lui demanda si elle se sentait bien. « J'ai mal au cœur, répondit-elle. J'ai dû manger quelque chose qui n'est pas passé. » Elle n'avait pourtant jamais eu l'estomac fragile et, en plus, n'avait pratiquement rien avalé depuis son arrivée ici.

Si les apparences étaient préservées – la barrière blanche soignée, les parterres de fleurs, l'argenterie familiale, la domestique en tablier – elle s'était rendu compte, au cours des premières semaines passées chez ses tantes, qu'elles avaient de moins en moins d'argent pour vivre, entretenir la vieille maison avec ses parquets à larges lames, ses fenêtres à guillotine et son petit jardin, pour se nourrir et se vêtir toutes les trois ainsi que Gladys, qui était un élément essentiel du foyer.

À l'évidence, il ne serait jamais venu à l'idée des tantes qu'elles pouvaient elles-mêmes effectuer certaines tâches, faire le ménage ou même leur lit. Elles passaient leurs journées à broder, tricoter ou lire la Bible. Même les courses incombaient à Gladys, qui partait au marché le matin de bonne heure, son panier au bras, munie d'instructions précises, d'une liste, écrite à l'encre bleu roi avec le vieux stylo-plume de tante Maud, précisant les modestes quantités désirées, ainsi que d'une petite somme d'argent, le tout soigneusement rangé dans sa poche. Le soir, quand il faisait plus frais, les tantes sortaient parfois dans le jardin, leur délicate peau claire protégée par un grand chapeau de paille bosselé à voilette, leurs petites mains par des gants de jardinage, pour s'occuper de leurs fleurs et, plus important, de leur potager, même si, là encore, c'était à Gladys de se mettre à genoux pour retirer les mauvaises herbes, tout comme elle se chargeait de la cuisine, quoique sous le contrôle strict des tantes.

« Je ne peux pas manger ça ! » s'exclama Bill quand Gladys lui passa le plat de porridge d'aspect grisâtre. Les trois tantes l'observèrent dans un silence de mauvais augure. Elle soutint leur regard, puis ferma les yeux et, l'espace d'un instant, vit un soleil rouge dans l'obscurité. Elle se leva, s'excusa et quitta précipitamment la table pour se ruer vers le cabinet de toilette au bout du couloir, où Isaac et elle avaient lavé leurs mains poussiéreuses ce premier soir dans la maison. Cette fois, elle vomit de la bile.

Qu'est-ce que ça voulait dire ? se demandait-elle, s'appuyant au lavabo et contemplant son visage blême et couvert de sueur dans le miroir de la petite pièce verte. Elle aurait tant voulu fuir cette maison ; depuis son arrivée, elle rêvait de s'échapper. Dans sa tête, encore pleine des contes de fées de son enfance, elle s'était presque attendue à ce qu'Isaac vienne la délivrer de cette prison, semblable au prince qui traversait la forêt pour aller réveiller la Belle au bois dormant.

Mais il y avait toujours au moins une des tantes qui la surveillait d'un œil sévère. Elle n'avait pas d'argent, aucun moyen de prendre le train. Même dans le cas contraire, elle savait qu'elle ne serait pas la bienvenue chez elle, et elle ne connaissait personne en ville qui accepterait de l'aider. Elle passait ses journées avec ses tantes, dans une atmosphère oppressante de silence réprobateur. Si seulement elle pouvait ne serait-ce qu'être seule. Ici, c'était rarement possible, sauf l'espace d'une heure ou deux durant les longues et chaudes après-midi, quand les cinq femmes se retiraient pour la sieste dans leur petite chambre sous le

toit de tôle ondulé et que Bill s'étendait sur son lit, en
sous-vêtements, et lisait quelque livre ennuyeux em-
prunté à la collection limitée des tantes.

Incapable d'avaler grand-chose, elle s'aperçut
qu'elle perdait du poids. Qu'est-ce qui n'allait pas ?
Elle allait mourir à dix-sept ans d'un cœur brisé,
comme une héroïne de roman.

Une après-midi, alors qu'elle était couchée sur
son lit avec un livre, tante Winnie frappa à sa porte,
entra et referma derrière elle. Le rouge aux joues,
elle paraissait embarrassée.

« Il y a un problème ? demanda Bill.

— Non, non, chérie, du moins, j'espère que non. »
Et le silence retomba. Puis Winnie dit : « Nous voulions
être sûres, vois-tu. Nous voulions juste être sûres… » Et
elle regarda sa nièce, comme si celle-ci pouvait finir
la phrase.

« Sûres de quoi ? » demanda Bill, même si elle se
doutait que la suite ne lui plairait pas. Au fond d'elle-
même, elle pensait : ça ne peut pas m'arriver à moi.
Dans sa robe de couleur pâle, lustrée aux épaules à
force d'avoir été portée, avec ses longs cheveux blancs
aux reflets roux ondulant dans son dos, sa tante lui
évoquait un vieil ange guindé dans un tableau, mais
pas un ange de miséricorde, pas un ange annonciateur de bonnes nouvelles.

Tante Winnie s'éclaircit la gorge et lui demanda
dans un souffle si elle avait trouvé les serviettes rangées dans le tiroir du bas, désignant du regard la
commode contre le mur.

« Oui, je les ai trouvées, répondit Bill, se sentant
rougir et obligée de remercier sa tante d'avoir pensé
à ses besoins mensuels.

— Nous nous faisions du souci. Vois-tu, mon enfant, cela fait six semaines que tu es chez nous, et nous ne les avons pas vues sécher dehors sur la corde à linge. » Humectant ses lèvres sèches, tante Winnie poursuivit : « Tu les as peut-être utilisées et suspendues à l'intérieur, par pudeur ? » Bill répondit d'une voix mal assurée qu'elle n'avait pas eu besoin de serviettes jusque-là, mais au moment où elle prononçait ces mots, malgré son ignorance et son désir de ne pas affronter la situation, elle savait ce qui lui arrivait, tout comme sa tante devait le savoir, à en juger par ses yeux écarquillés et ses lèvres pincées.

Après, elle remarqua que ses tantes faisaient des messes basses et la regardaient de travers. Un silence soupçonneux se répandit dans la maison comme une tache.

Une après-midi, alors qu'elle se trouvait à l'extérieur du salon, elle entendit ses tantes qui discutaient de son sort au téléphone avec son père. « Compte tenu des circonstances, mieux vaut qu'elle reste ici avec nous, à l'écart », déclara tristement tante Maud. « On se débrouillera, Robert », dit tante Winnie, d'une voix faible et douloureuse, après avoir pris le combiné.

À la fin de leur conversation, alors que les trois sœurs faisaient cercle autour du téléphone, comme des phalènes autour d'une flamme, et une fois que tante May eut transmis son affection à son frère, Bill entra dans la pièce et exigea de savoir ce qui se passait.

Elles se contentèrent de la regarder en silence, avec une espèce de stupéfaction incrédule. Elle demanda si elle pouvait téléphoner pour parler elle-même à sa famille. Tante Maud dégagea une mèche blanche de sa bouche. « Nous préférerions que tu n'utilises pas notre téléphone, dit-elle. En fait, mieux vaut que tu ne communiques avec personne.

— Il serait plus prudent que personne ne sache où tu es, ajouta tante May, le visage dans l'ombre, dans le salon obscur, aux volets fermés.

— Personne ? demanda Bill.

— Nous préférerions que tu n'écrives à personne, pas même à tes sœurs ou à ton petit frère, surtout pas à lui. Il vaut mieux que nul n'ait vent de ta présence ici. Vu la situation, nous te demandons d'être la plus discrète possible, pour nous autant que pour toi », conclut tante Winnie.

Elle resta là à dévisager ses trois tantes, debout l'une à côté de l'autre comme si elles formaient un mur. Elle tourna les talons, résolue à tout faire pour désobéir. Comment pourraient-elles la garder prisonnière ici, coupée du monde, pendant des mois et des mois ? Elle réussirait sûrement à convaincre Gladys de l'aider, ou alors, elle irait mettre une lettre à la boîte une nuit. Elle écrirait à ses sœurs en les suppliant de lui envoyer de l'argent. Elle écrirait à Isaac.

Assise en tailleur sur le lit de sa petite chambre à l'arrière de la maison, elle décida de mettre Isaac au courant de sa situation. En même temps, elle se rappelait la lueur de dégoût et de haine dans ses yeux noirs quand il était parti, la laissant dans l'étreinte serrée des bras de son père. Elle n'était pas sûre que l'existence d'un enfant changerait les sentiments qu'il avait à son égard. Il avait sûrement dû avoir l'impression qu'elle trahissait sa confiance, qu'elle le laissait tomber au moment qui était peut-être le plus

important de sa vie. Elle craignait que lui aussi,
comme les tantes, et malgré son rôle, ne considère
son état avec répugnance.

Elle ne cessait de regarder le téléphone, mais les
jours passant et sans nouvelles de lui, il lui apparaissait
de plus en plus comme un rêve. L'avait-il oubliée ?
Parfois, elle rêvait de lui, sentait ses mains sur elle,
son corps à côté d'elle dans le lit, croyait entendre
frapper à sa vitre. Il lui était même arrivé d'aller
regarder par la fenêtre pour voir s'il était là. Encore
et encore, elle revivait la nuit qu'ils avaient passée
ensemble à l'hôtel. Et certaines après-midi, allongée
seule sur son lit, elle se demandait si elle n'avait pas
rêvé toute l'histoire. Elle le connaissait si peu.

25

1925-1926

Elle se débrouilla pour écrire à sa famille, mais ne reçut aucune réponse. Elle ne sut jamais si son père interceptait ses lettres.

Elle n'allait pas non plus recevoir de messages à Noël ou de cartes de vœux. Elle tricota ce qu'elle put pour ses tantes, avec la laine qu'elles lui fournissaient : écharpes rayées, cache-théière et chaussettes, en transpirant dans la chaleur. Le jour de Noël, Gladys prépara un poulet rôti qu'elle avait farci et décoré d'une branche de houx. Pour l'occasion, Bill eut le droit d'accompagner ses tantes à l'église et de boire un verre de xérès avant d'aller se coucher. « Joyeux Noël », lui dirent-elles, et elle sentit leur regard sur elle tandis qu'elle se dirigeait en silence vers la chambre du fond et l'étroit lit de fer dans lequel elle dormait. De plus en plus, elle trouvait refuge dans de longues heures de sommeil, où elle rêvait et, en se réveillant, trouvait son oreiller trempé de sueur.

Par une chaude après-midi de février, rentrant d'une promenade en ville avec tante Winnie – elle n'était pas autorisée à sortir seule –, tante Maud l'accueillit en disant : « Il vaudrait mieux désormais que tu ne sortes pas en plein jour. Autant éviter les commérages inutiles. »

Puis, un autre jour, tante Maud lui donna un coupon d'un affreux tissu bleu foncé. « Tiens, prends ça. Tu ferais bien de te confectionner un vêtement qui t'ira », dit-elle, en regardant le ventre de Bill qui s'arrondissait.

Les tantes, dont elle avait espéré qu'elles seraient complices de son histoire d'amour, n'auraient pas pu se montrer moins compréhensives. Elles semblaient la considérer comme un spectacle répugnant pour les yeux et détournaient leur regard offensé quand elle entrait dans une pièce en silence. Tels de petits enfants qui ferment les yeux devant ce qu'ils voudraient voir disparaître, les tantes semblaient imaginer que si elles ne parlaient pas de l'état de Bill et ne faisaient aucune mention de projets futurs, il disparaîtrait, ou du moins resterait caché.

Elle se rendait compte qu'elle était une source d'embarras, un rappel permanent de ce à quoi elles avaient renoncé. Elle n'était qu'un fardeau supplémentaire dans leur situation déjà précaire, non seulement à cause du risque de scandale et de honte, mais simplement en tant que bouche à nourrir. Les tantes en étaient venues à voir en elle une insulte quotidienne à tout ce qu'elles considéraient comme sacré – insulte à l'honneur, à la dignité, à l'orgueil et à leur style de vie honnête et reclus. Elle ne leur apportait que des soucis, tout ça à cause de sa frivolité, de son intempérance, de sa faiblesse de caractère, de sa défaillance morale.

Après dîner, Gladys et elle allaient souvent marcher dans l'obscurité et dans un silence maussade, traînant les pieds telles deux prisonnières enchaînées l'une à l'autre, alors que la bonne aurait sûrement préféré se retirer dans sa chambre et se reposer. Mais, là-dessus comme en tout, ses tantes fixaient les règles.

La nourriture était sévèrement rationnée, et une fois la période de nausée passée et alors qu'elle s'arrondissait, elle était de plus en plus affamée. Il lui aurait fallu quelque chose de plus substantiel que le porridge grumeleux, à peine saupoudré de sucre roux, servi au petit déjeuner avec une tasse de thé léger, ou que les tristes légumes du jardin qu'on lui donnait au déjeuner, avec à l'occasion un petit morceau de haddock ou de hareng fumé ou une tranche de blanc de poulet bouilli, suivis par quelques figues du jardin. Les légumes réapparaissaient au dîner sous forme de soupe claire, accompagnée de temps en temps d'une biscotte ou suivie d'un biscuit sec et fade.

Parfois, au désespoir, elle se glissait dans la cuisine sous prétexte d'aider Gladys à préparer le repas. Elle lavait et coupait les légumes, de ceux qu'elle avait toujours détestés – navets anémiques, panais, céleri – ou, plaisir rare, une pomme de terre. Elle l'aidait à faire la vaisselle, dans l'espoir de chaparder quelques miettes laissées dans les assiettes. Gladys essayait de lui rapporter un morceau de cheddar qu'elle achetait avec ses propres deniers, et que Bill acceptait quand même et dévorait dans sa chambre.

Elle avait des envies de viande, de volaille, de graisse, de crème et de beurre. Même le pain était rare sur la table. Ses tantes, par économie ou par goût, achetaient une sorte de cracker anglais sans levain, plat et insipide, qu'elles servaient, nature, aux repas.

Elle rêvait de grosses tranches de pain beurré et de confiture de fraise, d'un Christmas pudding flambé aux raisins de Corinthe et d'un verre de bière. Elle se rappelait le dîner qu'Isaac et elle avaient partagé si joyeusement cette nuit-là : les saucisses grasses, les gros morceaux de fromage.

Le jour de son dix-huitième anniversaire, en mai, alors qu'elle était enceinte de sept mois, elle fut autorisée à recevoir une petite pile de lettres de vœux de sa famille et même à leur parler au téléphone. Son père lui souhaita un bon anniversaire et lui dit qu'il avait envoyé un chèque aux tantes pour pouvoir fêter l'événement. Elle eut droit à deux œufs brouillés au bacon et à quelques toasts beurrés pour le petit déjeuner. Pour le thé, on lui présenta un petit gâteau, avec un glaçage aux fruits de la passion – son parfum préféré. Jamais rien ne lui avait paru aussi bon. Elle en découpa une part qu'elle apporta à Gladys dans la cuisine.

Les tantes mangèrent les leurs en silence, tandis qu'elle était assise là, à la petite table ronde, les yeux remplis de larmes de colère, volumineuse dans sa robe bleu foncé.

Elle avait de plus en plus l'impression de n'être personne, sans amis et sans famille, une coquille vide. Malgré son corps gonflé, ou à cause de lui, elle se sentait désincarnée. Elle se regardait de loin, entendait une voix dans sa tête qui consignait ses actions, comme si elle écrivait la chronique de l'existence vide de quelqu'un d'autre : *Maintenant, elle met un chapeau de paille ; elle sort dans le jardin pour aider Gladys à désherber.* Elle était devenue un fantôme enflé et affamé, spectatrice de sa propre vie. Bien qu'elle fût à présent familière de ces petites pièces calfeutrées, elle avait le sentiment de n'avoir rien à faire avec elles : elle se trouvait dans les limbes, hors du temps et de l'espace, là où il n'y avait rien à attendre ni à espérer.

Sans Gladys, elle est persuadée qu'elle n'aurait pas survécu. Elle lui parlait quand elle travaillait à côté d'elle dans la cuisine. Elles discutaient de tout et de rien : du temps, de sa santé, d'une nouvelle lue dans le journal que ses tantes empruntaient aux voisins. Elle l'entretint des nouvelles machines à vibrations qu'on utilisait pour séparer les diamants des autres cailloux et de la terre. Tout ce qui concernait les diamants l'intéressait encore. Elle se demandait si Isaac avait réussi à rentrer chez lui, dans sa famille, s'il avait repris son emploi à Johannesburg.

La plupart du temps, cependant, ses tantes la faisaient venir et lui confiaient quelque tâche ennuyeuse : raccommoder, repriser ou broder au point de croix, avec du fil d'un bleu terne, une nappe pour leur salle à manger. Jamais on ne lui donna de laine blanche ou de patron de layette à tricoter, et elle n'avait pas d'argent pour s'acheter quoi que ce soit. Il lui était impossible d'apporter son écot aux finances de la famille, puisqu'elle n'avait pas le droit de sortir pour aller coudre des ourlets ou reprendre des robes comme ses sœurs et elle le faisaient chez elles. Elle était à la merci du bon vouloir de ses tantes et devait accomplir le travail qu'elles lui imposaient, tricotant ou brodant inlassablement dans le salon sombre et étouffant, tout en rêvant de s'échapper.

Durant son séjour à Kimberley, personne ne vint lui rendre visite, et si, par hasard, quelqu'un sonnait à la porte, Bill était envoyée dans sa chambre. Jamais elle n'eut le droit d'accompagner ses tantes en visite, ni même d'aller à l'église après les premiers mois. Le dimanche matin était le seul moment où on la laissait seule à la maison, porte verrouillée et fenêtres fermées, comme si on avait peur qu'elle s'enfuie.

À mesure que le terme approchait, sa frayeur augmentait. Elle n'avait qu'une idée très vague de ce qui se passait à la naissance d'un bébé, et son ignorance ne faisait qu'ajouter à sa terreur. Un matin, au petit déjeuner, elle osa demander à tante Maud si on pourrait appeler un médecin ou une sage-femme en cas de besoin.

« Il n'est sûrement pas nécessaire de t'expliquer pourquoi la réponse est non, déclara tante Maud d'un ton sévère, sans la regarder, se concentrant sur la cuillerée de porridge qu'elle portait à ses lèvres minces.

— Comment je vais faire toute seule ? demanda Bill.

— Tu t'es apparemment très bien débrouillée toute seule jusqu'ici, ma chérie. Il n'y a pas de raison que tu ne te débrouilles pas très bien une fois encore.

— Je pourrais mourir », dit Bill, au désespoir, quêtant le regard de ses tantes, comme elle l'avait fait le soir où Isaac et elle étaient arrivés ici. Aucune ne lui rendit son regard. Elles continuèrent de manger leur porridge en silence, jusqu'à ce que tante Winnie déclare : « C'est affreux de dire ça. Tu as toujours été une enfant bien portante, Bill.

— Mais c'est possible ! » s'exclama-t-elle en se mettant à pleurer. Elle avait entendu parler de femmes mortes en couches, avait lu des choses là-dessus dans des livres ; en vérité, elle pensait que c'était ce qui arrivait le plus souvent, ça ou la mort de l'enfant.

« Des tas de femmes ont fait ça toutes seules. Tu ne seras pas la première », affirma tante May, raclant son assiette pour ne pas perdre la moindre miette de porridge. Elle ajouta plus gentiment : « De plus, nous serons là, Bill. Et Gladys aussi. »

Il paraissait évident que les trois femmes en avaient discuté et étaient parvenues à la même conclusion. Toutes trois avaient toujours semblé d'accord sur tout, du moins en ce qui concernait Bill. C'était cet implacable triumvirat qui était si difficile à affronter. Bill aurait voulu dire que ça pouvait être dangereux pour le bébé, mais elle comprit que ce n'était pas le principal souci de ses tantes.

Certaines nuits, incapable de trouver le sommeil, elle se faufilait dans le couloir, sortait par la porte de derrière et allait marcher seule dans les rues à l'aube. Il lui arriva même d'aller jusqu'à la place du marché. Ses sœurs et son frère lui manquaient, mais surtout, en ces jours mornes et sans espoir, Isaac lui manquait, ses cheveux roux, ses longues jambes, le sourire qui illuminait ses tristes yeux vert sombre dès qu'il l'apercevait. Lorsqu'il la regardait dans les yeux, il voyait le paradis, lui avait-il dit.

1956

« ELLES voulaient, auraient voulu avoir des enfants, plus que des diamants, je suppose », dit-elle tristement à ses fils, parlant des trois vieilles tantes célibataires. Pendant toute l'après-midi, ils sont restés assis dans la salle à manger, à parler. « Les pauvres, elles n'ont pas su quoi faire lorsque nous avons débarqué chez elles. Elles ont paniqué, j'imagine. Je ne leur en ai jamais vraiment voulu pour ce qu'elles ont fait, ajoute-t-elle même si c'est faux.

— Mais pourquoi avoir choisi d'aller là-bas, aussi ? » demande Phillip.

Bill ne répond pas directement, mais dit seulement que le mariage a été annulé car elle n'avait pas encore l'âge et, d'après la loi, ne pouvait pas se marier sans le consentement de ses parents. Elle se sent rougir comme une gamine, en se demandant que leur dire d'autre. Ses fils attendent la suite.

Après toutes ces années, elle a encore honte de cette histoire, même si les garçons ont eu une réaction très différente. Pour eux, tout ça paraît très romantique, mais ils ignorent le reste et elle ne peut

pas le leur raconter, malgré leurs sourires encoura-
geants. Cette histoire leur plaît parce qu'elle ressemble à celles qu'ils lisent dans leurs livres. Que peut-elle
leur dire de plus ? Comment une mère peut-elle parler à ses enfants de la passion ? Comment évoquer les
conséquences de son insouciance ? Comment peuvent-ils comprendre la façon dont la société était struc-
turée à l'époque, l'extrême importance accordée à ce
que l'on considérait comme la vertu féminine ?

« Tu n'étais donc pas du tout amoureuse de
papa ? lui demande Mark à voix basse, la dévisageant
comme s'il la voyait pour la première fois. Pourquoi
tu t'es mariée avec lui ? » Bill prend une gorgée de
sa bière sud-africaine mousseuse pour se donner du
courage, comme Helen le lui a souvent conseillé.

Isaac a été le grand amour de sa vie, avoue-t-elle,
les mains sur la poitrine. Elle se dépêche d'ajouter
qu'elle a aimé leur père, qu'ils s'aimaient très fort
tous les deux. Elle lui était reconnaissante, et son
amour est né de cette gratitude. Il s'est montré très
bon avec elle, et avec leurs fils, qu'il aimait tellement.

Émue maintenant, elle ajoute : « Pauvre homme,
il avait le cœur d'un cheval de course : rapide, mais
fragile. Il a eu une enfance tellement difficile. Il
devait parcourir des kilomètres à pied, sans chaussures, pour aller à l'école. » Cette histoire n'est peut-
être pas véridique, mais elle préfère voir son mari
sous les traits d'un petit garçon pauvre, marchant
pieds nus à travers le veld dans la lumière pâle de
l'aube hivernale, seulement vêtu d'un bermuda et
d'un pull, le crâne rasé à cause de la teigne, ou plus
tard, jeune homme, quittant seul et courageusement
la côte pour monter à Johannesburg, dans le haut

Veld, et créer sa propre affaire, portant lui-même le bois de charpente sur son dos nu. « Un homme tellement brillant, dit-elle, et elle en est persuadée. Comme vous, les garçons, exceptionnellement doué en maths. »

Quelle qu'ait été sa jeunesse, elle est convaincue que son mari était un homme brillant, qui était capable d'additionner, de soustraire, de multiplier et de diviser de tête de grands chiffres. Au bureau, il avait dit à ses employés qu'ils auraient droit à une machine à calculer le jour où elle additionnerait plus vite que lui, et cela, bien sûr, dans les années trente et quarante.

Que penseraient d'elle ses fils s'ils savaient tout de son passé ? Que feraient-ils si elle leur racontait ce qui s'est réellement passé avec leur père ? Se détourneraient-ils d'elle ?

27

1936

« Dans ce cas, il faut qu'il paie, lui conseilla Charles. Ne le laisse pas profiter de toi en douce. Qu'il te passe la bague au doigt d'abord. Dis-lui que tu n'es pas une prostituée. »

Elle lui avait raconté que le mari la poursuivait, surgissait dans le jardin, se collait à elle dans les couloirs et qu'il venait même dans sa chambre, la nuit. Il ouvrait la porte et restait là à la regarder, son cigare à la main, pendant qu'elle faisait semblant de dormir.

Elle était consciente de l'ironie de la situation, en voyant sa femme réduite à supplier et à pleurer : « Dans quel camp êtes-vous, à la fin ? » disait Helen en tapant du poing sur la table, au déjeuner, si bien que le Zoulou qui faisait le service regardait Bill avec colère.

Elle sentait bien que tous les domestiques détestaient le rôle qu'elle jouait. Elle était l'usurpatrice, celle qui s'était introduite dans la maison, s'était arrogé la place du Zoulou et avait soustrait les clés à la maîtresse légitime. Ils étaient certainement conscients, aussi, de ce qui se passait avec leur maître, qui la traquait dès qu'il rentrait le soir, la plaquait contre un mur et faisait courir ses mains sur son corps.

Elle avait menacé de s'en aller, mais à ce moment-là, le couple l'avait invitée à l'accompagner en voyage en Europe et en Scandinavie.

Ils avaient embarqué au Cap sur un luxueux paquebot pavoisé, alors que sur le quai, les gens criaient « Bon voyage ! » et que sa famille, envieuse, tendait le cou pour l'apercevoir, au moment où le bateau s'éloignait. Elle disposait d'une belle cabine pour elle toute seule, avec un hublot et une grande corbeille de fruits frais, qui l'attendait sur la table dans un emballage en cellophane orné d'un gros nœud orange.

Malgré les nouvelles inquiétantes en provenance d'Europe à cette époque, comment aurait-elle pu décliner l'invitation, quand les endroits dont elle avait rêvé, Londres, Rome, Venise, Paris, et même Copenhague, lui étaient soudain offerts ? Ils descendirent dans de grands hôtels, et c'est en limousine avec chauffeur qu'ils visitèrent les châteaux de la Loire et la magnifique cathédrale de Chartres. Comment aurait-elle pu refuser d'aller faire les boutiques avec Helen rue du Faubourg-Saint-Honoré, d'essayer des robes en shantung ? « Prenez-la, elle vous va divinement bien », disait Helen. Comment résister au plaisir de se promener dans le jardin des Tuileries par une journée de printemps – en avril, c'était le printemps en Europe –, Helen à son bras, tandis que le soleil apparaissait et disparaissait, et que les feuilles palpitaient comme son cœur ?

« Ouvrez grand vos yeux ; c'est un spectacle que vous ne reverrez peut-être jamais », dit le mari, alors qu'ils passaient sous un pont de la Seine, à bord d'un bateau-mouche paré de guirlandes de lumière. Il la saisit par la taille et l'attira contre son corps ferme et robuste, la faisant frissonner, et Helen lui posa la main sur l'épaule. Sur la place Vendôme, il les prit toutes les deux par les épaules, le temps d'une photo. Elle l'a encore, cette photo : le mari paraît joyeux, suffisant et satisfait, dans son costume trois-pièces, le chapeau posé crânement sur la tête ; Helen est mince et élégante avec son chapeau pimpant et elle-même agite un grand mouchoir blanc, comme en signe de reddition.

Une fois de retour, un soir après le dîner, elle descendit l'escalier en silence pour aller frapper à la porte du bureau du mari. Comme à l'ordinaire, il travaillait tard. Elle s'approcha de lui et déclara : « Je dois vous parler. Cela ne peut pas durer. C'est mon amie. Je ne peux pas continuer à lui mentir de cette façon. C'est tellement humiliant pour nous deux. Il va vous falloir trouver quelqu'un d'autre. Je vais devoir partir. »

Il la contempla pendant un bref instant seulement, puis dit sans hésiter : « Très bien, puisque c'est ainsi, donnez-lui ce qu'elle veut. Pour moi ça n'a plus d'importance.

— Vous voulez parler des clés ? » demanda-t-elle. Il hocha la tête, la regardant dans les yeux avec convoitise. Elle fit volte-face, grimpa l'escalier et pénétra dans la grande chambre à coucher sans frapper.

Helen lisait sur son lit, adossée à des oreillers. Les chiens levèrent la tête à l'entrée de Bill, les oreilles dressées. « Tenez », dit-elle, décrochant les clés de sa ceinture et les lui tendant. Helen quitta des yeux sa page – elle lisait *Les Temps difficiles*. Elle s'assit au bord du lit ; elle était pieds nus. Elle hésita, comme Bill l'avait fait le jour où le mari lui avait confié le trousseau. Incrédule, elle dévisageait Bill. « Toutes ? » finit-elle par demander. Bill lui prit la main, déposa les clés dans sa paume et referma ses longs doigts blancs dessus, consciente – mais l'était-elle vraiment ? – de ce qui allait se passer à la fin. Helen se leva, jeta les bras autour de Bill et lui plaqua un baiser sur la bouche en s'exclamant : « Je savais que vous réussiriez à le convaincre. » Elle enfila ses chaussures, prit Bill par la main et l'entraîna dans l'escalier puis dans le salon, allumant la lumière au passage.

Elle trouva très facilement la clé qu'elle cherchait et déverrouilla le placard d'angle. Un parfum proche de l'encens remplit la pièce, si bien qu'on aurait dit que le placard s'était un jour trouvé dans une église. Elle sortit une bouteille de bon champagne des étagères bien garnies, puis appela John et lui demanda d'apporter trois verres pour fêter ce qu'elle considérait manifestement comme sa victoire. Elle leva bien haut son verre et, sourire aux lèvres, leur dit à tous deux de boire, ordonnant même au cuisinier de le faire, bien qu'il protestât en affirmant qu'il ne buvait pas d'alcool. Puis elle lui rendit les clés. Toutes sauf une.

Bill vida son verre de champagne tiède puis un deuxième. Il lui monta à la tête – à l'époque, elle n'avait pas l'habitude de boire. La pièce entière et le jardin au clair de lune tourbillonnaient autour d'elle, les formes vagues des fleurs, les vastes étendues de pelouse, les arbres et le visage d'Helen, ravissant, enfiévré et triomphant.

28

1936

ENSUITE, un calme plat tomba sur la maison. Le cuisinier, désormais en possession des clés, pouvait distribuer les provisions aux domestiques le matin : la farine de maïs, de blé, la « viande des boys », comme il le faisait avant l'arrivée de Bill. Bien qu'il fût beaucoup plus parcimonieux qu'elle l'avait jamais été, les employés semblaient plus heureux, satisfaits. Les choses étaient telles qu'elles devaient être ; l'ordre légitime était rétabli dans la demeure. L'ancienne madame, la vraie, avait repris le contrôle. En possession de la seule clé dont elle avait besoin, elle semblait plus détendue, plus belle et encore plus généreuse qu'avant.

De son côté, le mari était plus ouvertement ardent. Il rentrait de bonne heure du bureau, leur servait de généreux verres sous la véranda et les embrassait l'une après l'autre sur la bouche en disant même : « Comment vont mes petites chéries, ce soir ? » Helen ne semblait pas s'en formaliser. Au contraire, elle paraissait contente des attentions de son mari envers Bill, de son humeur exubérante et plus généreuse, de l'atmosphère agréable dans la maison. Elle profitait de sa liberté nouvellement acquise, prenait la voiture l'après-midi pour aller en ville retrouver d'anciens amis artistes dans des bars et rentrait en sentant l'alcool et la fumée. Elle ressortit sa vieille machine à écrire et se lança dans la rédaction d'une nouvelle à propos de deux femmes, à propos d'amitié. Bill était heureuse de l'entendre pianoter sur les touches de la machine. Elle partit quelques jours au Cap, pour rendre visite à son fils, laissant Bill seule avec son mari, avec Mark.

À présent, il s'attardait à table après dîner, pour boire du porto avec elles, et il leur racontait des histoires amusantes sur sa jeunesse, sur son père, un charpentier originaire de Bavière, qui était venu de Kempden, une petite ville des environs de Munich. Il leur parlait de ses nombreux frères, dont l'un, Hans, s'était battu aux côtés des Allemands durant la Première Guerre mondiale. Ils riaient de sa mère, une femme très économe qui, quand elle prenait le train, transportait son argent dans une ceinture sous ses jupes volumineuses.

Les réceptions se succédèrent pendant tous les mois secs d'hiver : de grands cocktails, le soir, sous la véranda vitrée, avec champagne et caviar et des rires plein l'atmosphère ; des déjeuners avec les dames du voisinage, gantées et coiffées de beaux chapeaux, où l'on servait des petites terrines de crevette au beurre et des œufs à la russe, au milieu des bavardages des convives empourprés par le vin ; des thés dans le jardin les chaudes après-midi, où l'on sortait la théière en argent étincelante, des sandwichs au concombre et au saumon fumé, des scones, et où toutes les têtes tournaient à cause du sherry. Chaque fois, Bill était chaleureusement présentée comme la meilleure amie, l'indispensable compagne, la chérie. Même si les femmes la regardaient d'un œil soupçonneux, et si les hommes lui étreignaient les bras et la serraient d'un peu trop près dans l'obscurité, pendant une période, tout cela lui parut merveilleux, merveilleux, merveilleux. Tout était parfait. Charles avait eu raison. Le mari avait exagéré le problème. Tout irait bien pour Helen, et pour elle aussi.

29

1936

ELLE se sentait obligée d'autoriser certains attou-
chements furtifs : de laisser le mari, Mark, poser les
mains sur sa robe et caresser ses seins ronds, tandis
qu'il plaquait ses lèvres sur les siennes, son corps contre le sien ; de le laisser toucher l'intérieur de ses
minces cuisses blanches, pendant qu'elle appuyait la
main contre son sexe dur. Elle ne voulait pas perdre
sa position lucrative. Elle s'était habituée au luxe
dans sa vie, et sa famille aussi s'était faite au luxe
qu'elle avait apporté dans la leur : de nouvelles robes
pour ses sœurs, des fleurs pour sa mère, cueillies
dans le jardin, qu'elle apportait lorsqu'elle était en
congé le dimanche, un beau foulard neuf, ou même
une broche. Elle contribuait à l'entretien des siens et
au paiement des gages des domestiques. Ils avaient
même embauché une bonne plus âgée et plus effi-
cace. Son père réussissait à ne pas s'en apercevoir et à
ne pas faire de commentaires sur la générosité de celle
dont elle était la « dame de compagnie ».

Elle appréciait la compagnie d'Helen et l'esprit de
Mark, le temps qu'ils passaient ensemble, leurs con-

versations à trois, leur camaraderie. Ils partaient en excursion ensemble, prenaient le Blue Train jusqu'au Cap et descendaient à l'hôtel Mount Nelson.

Elle adorait même les chiens d'Helen, qui la suivaient dévotement et venaient dans sa chambre le matin pour mendier des miettes de son petit déjeuner. Helen et elle jouaient au tennis en riant beaucoup – Bill n'avait jamais été très douée pour ce sport –, et faisaient de longues promenades avec les chiens. Le soir, elles prenaient un verre ensemble sous la véranda, en attendant que le mari rentre à la maison dans la lumière bleutée. Ils étaient devenus inséparables.

À certains égards, cet arrangement lui paraissait parfait. Elle ne savait pas très bien lequel des deux elle désirait ou aimait le plus.

Sa présence n'était plus vraiment nécessaire. Helen était une bien meilleure maîtresse de maison qu'elle. Elle était devenue superflue. Le printemps était revenu : un an avait passé depuis son arrivée. Mais personne ne suggéra qu'elle s'en aille.

Maintenant, c'était Helen qui venait dans sa chambre le matin, pendant que Bill se prélassait au lit jusqu'à une heure tardive, avec le plateau du petit déjeuner, une pile de magazines et les cigarettes qu'elle fumait compulsivement. C'était elle qui apportait à Bill un verre d'eau et un Alka-Seltzer pour sa migraine, qu'elle accompagnait de ses conseils. « Prenez un xérès pour vous donner du courage », lui disait-elle, quand Bill se sentait nerveuse avant une grande réception.

Un soir, Bill resta dans sa chambre après avoir entendu la cloche du dîner. Helen frappa et entra dans la chambre bleue de Bill, vêtue d'une robe gris perle, une rose fixée à son décolleté, des diamants aux oreilles. Elle s'assit au bord du lit dans un froissement d'étoffe. Son parfum était sucré, écœurant : lis et cannelle. Allongée dans son lit, en déshabillé de soie, Bill tenta de l'ignorer et continua de tourner les pages de son magazine. Helen lui prit la main et la força à lever le menton.

« Nous vous attendons. On s'ennuie en bas sans vous, chérie, vous le savez bien. On reste assis en silence, à se regarder dans le blanc des yeux. Mark se languit de vous.

— Allez-y, vous pouvez passer à table. Je ne descends pas. Je n'ai pas faim », répondit Bill, alors même qu'elle était en train de manger du raisin et du fromage, posés dans une assiette à côté d'elle, et de boire un verre de vin rouge.

Helen demeura silencieuse pendant un instant. Puis elle dit : « Ne soyez pas trop dure avec vous-même. Ou avec Mark. Ce genre de chose arrive à beaucoup d'hommes à une certaine période de leur vie. Franchement, je ne crois pas qu'ils y peuvent quoi que ce soit. Je sais que vous essayez d'être une amie loyale, et j'apprécie, mais il vaudrait peut-être mieux pour nous tous que vous le laissiez avoir ce qu'il veut. Ça lui purgerait le système. » Bill contempla Helen avec colère, sans dire un mot, en pensant, pourquoi elle s'inquiète pour lui et pas pour moi ? Qu'est-ce qu'elle connaît de mon existence, est-ce qu'elle sait ce que ça fait de vivre entassé, année après année, dans une minuscule maison avec sa famille ? Soutenant son regard, Helen dessina une ligne autour du décolleté de Bill. Elle lui caressa le cou et laissa sa main s'attarder sur sa poitrine. « Vous êtes tellement belle. J'ai du mal à le lui reprocher », dit-elle. Puis elle se pencha et l'embrassa sur la joue.

Bill repoussa sa main et lui lança un regard mauvais.

« Je n'ai pas l'intention de m'offrir comme remède, pour purger le système de quelqu'un », déclara-t-elle avant de se détourner.

30

1956

« Alors, pourquoi tu n'as pas épousé Isaac après la mort de papa ? demande Phillip en se balançant sur sa chaise.

— Isaac est mort en 42 à la guerre, en Afrique du Nord », répond Bill. Elle précise : « Je l'avais appris par le journal », et elle les regarde, ses enfants, ceux qu'elle a vus grandir. Elle scrute encore leur visage rougi par le soleil, leurs yeux clairs, gris-vert, pour y trouver des traces de ce qu'elle a perdu, de ce qui aurait pu être.

Elle consulte sa petite montre en diamant et leur dit qu'il est temps pour eux d'aller se préparer. Elle se réjouit qu'ils doivent rassembler leurs livres, se changer, mettre leur uniforme, trouver leur casquette et leur cravate. « Si vous ne vous dépêchez pas, vous allez être en retard », ajoute-t-elle. Elle est soulagée de parler de choses du quotidien. Elle décide, comme son père l'a fait il y a très longtemps, de ne plus jamais aborder le sujet. Elle leur a dit tout ce qu'elle s'est sentie capable de leur dire. Regardant par la fenêtre, elle s'aperçoit que la lumière décline, et ses mots se perdent dans le crépuscule. Elle s'est autorisée à en dire si peu.

Et pourtant, elle se souvient de la guimbarde bleue qui zigzaguait sur la route poussiéreuse de Kimberley, alors que sa voiture rose ronronne en douceur sur la route asphaltée et s'approche des pignons en volutes de l'école. Elle repense à Isaac et à son bras autour de ses épaules, au moment où ses fils la quittent, la prenant par le cou et l'embrassant, s'accrochant à elle, leur cartable au dos, bien que la surveillante soit plantée là, sous l'arche de pierre de l'entrée, sa liste à la main pour cocher le nom des élèves. Tandis que Bill les regarde s'éloigner, elle entend le grondement du tonnerre et lève les yeux vers les nuages qui s'amoncellent.

À l'instant où ils se retournent pour lui faire signe, les premières grosses gouttes d'une soudaine averse d'été s'écrasent sur le capot, mais les garçons n'ont pas l'air de se soucier de la pluie. Ils se tiennent côte à côte et agitent la main : deux beaux garçons, grands, minces, les genoux nus dans leur uniforme gris, qui maintenant semblent la quitter à contrecœur. Ils la contemplent avec une étrange lueur dans leurs yeux gris-vert, la tête sûrement pleine d'idées romantiques.

Leur regard sur elle a changé. Elle a acquis un certain éclat, un lustre. Comme il est étrange qu'à cause de ce secret, qu'elle jugeait honteux et leur a caché pendant tant d'années, ils la voient sous un jour nouveau et plus favorable. Ils sont sensibles à sa vulnérabilité d'autrefois, à son désespoir, à la tristesse de la perte de son premier amour. Ils éprouvent des regrets pour son amour de jeunesse, ses espoirs anéantis. Ils comprennent sa peine comme ils n'ont jamais compris sa réussite, une réussite qui a fait qu'ils sont entrés dans sa vie.

Elle les aime, mais ne peut s'empêcher de se sentir seule. Alors qu'elle regarde tomber la violente pluie de décembre et écoute le bruit des essuie-glaces qui vont et viennent, assise seule à l'arrière de sa grosse voiture qui la ramène chez elle, elle se dit qu'elle l'est maintenant de plus en plus. Et de plus en plus, elle a besoin de trouver l'oubli que seul apporte l'alcool.

Ses parents et ses trois vieilles tantes sont morts. Aucun d'eux n'a vécu vieux. La bonne société de Johannesburg a continué à la snober au fil des années et, depuis la mort de son mari, l'a évitée complètement. En dehors de ses fils, qu'elle voit si rarement, de son frère et de ses sœurs, dont l'affection, lui semble-t-il parfois, dépend de l'argent qu'elle leur donne, elle n'a personne à aimer. Elle a dit à ses fils : « Rentrez vite quand je mourrai, avant qu'ils aient eu le temps d'arracher les bagues de mes doigts. »

Le sort de son enfant perdue n'a jamais été discuté avec quiconque ni avant ni après la naissance. Un silence a entouré sa grossesse du début à la fin, presque comme si elle n'avait jamais eu lieu.

Gladys, qui est venue habiter avec elle après la mort des trois tantes, est probablement la seule personne vivante à savoir ce qui est arrivé. Les tantes refusaient d'aborder le sujet. « Il vaut mieux que tu ne saches rien », lui avait fermement répliqué tante Maud, qu'elle pressait de questions. « Ça ne fera que t'attrister », avait dit tante Winnie.

Comment réussir à convaincre Gladys de lui dire ce qu'elle sait ? Elle aussi, elle l'a questionnée, encore et encore, au fil des années, sans succès.

Il lui apparaît soudain, au moment où la voiture entre dans l'allée menant au lotissement, qu'il existe peut-être un moyen de faire sortir Gladys de son silence. Si elle évoque son testament, la vieille domestique se sentira sûrement obligée de parler. L'argent a la voix qui porte, pense Bill, souvent bien mieux que toute autre chose. Suivez l'argent, pense-t-elle, sans se douter à quel point l'avenir lui donnera raison.

31

1926

QUAND elle sentit la première douleur cuisante, elle était assise sur une chaise à haut dossier, près de la fenêtre, et cousait en silence. Les tantes Maud et May étaient installées sur le canapé en crin de cheval, et Winnie dans le fauteuil au coin. Leurs aiguilles d'acier cliquetaient, produisant un son ininterrompu et monotone qu'elle en était venue à considérer comme la musique des tantes. L'unique lampadaire autour duquel elles travaillaient était allumé dans le salon obscur et morne. Une odeur de soupe de légumes imprégnait l'air, l'odeur de la pauvreté bienséante.

Surprise que les premières douleurs fussent si violentes, elle posa ses mains tremblantes dans son dos. « Je crois que le bébé vient », dit-elle.

Les tantes se regardèrent, sans prononcer une parole. Dans la pièce, on n'entendait que le bruit de la pluie, une pluie d'hiver en juillet dans la Province du Cap. Tante Maud retira ses lunettes, reposa lentement la chaussette grise qu'elle tricotait avec quatre aiguilles et se leva en silence. Elle traversa le couloir pour aller chercher Gladys, dans la cuisine. Celle-ci prit Bill par la main. « Venez, mon enfant », dit-elle, comme si Bill était redevenue une petite fille, et elle la conduisit jusqu'à sa chambre exiguë aux volets fermés, à la tapisserie bleu et blanc et au petit lit aux montants de fer. Gladys lui dit de se déshabiller, de mettre sa robe de chambre et de s'allonger sur le lit, sur lequel elle étala plusieurs serviettes fines.

« Mais je n'ai pas envie de m'allonger », protesta-t-elle. Maintenant que la douleur était passée, elle n'était plus aussi sûre que c'était bien le bébé qui venait. Elle avait peut-être mangé trop de figues ? Elle ne voulait surtout pas se retrouver seule.

« Reste avec moi, s'il te plaît. J'ai peur », implora-t-elle en s'accrochant à la main de Gladys. Quand il pleuvait fort comme ça, on sentait l'odeur des égouts à l'arrière de la maison.

« Laissez-moi juste le temps d'aller tourner la soupe », dit Gladys, mais Bill s'accrochait à elle comme un petit enfant. « Ne pars pas, s'il te plaît. La douleur pourrait revenir. » La domestique, qui avait sûrement une idée du temps que cela pouvait durer, insista : « Je reviens dans une seconde, mon enfant. » De nombreuses et interminables minutes parurent s'écouler avant qu'elle revienne, armée cette fois de son tricot et d'un châle pour se couvrir les épaules. Elle s'assit dans le fauteuil dans le coin de la pièce et suggéra de nouveau à Bill de se déshabiller, de se mettre au lit et de se reposer tant qu'elle le pouvait.

Bill consentit à passer la chemise de nuit bleue qu'elle avait emportée dans ses bagages neuf mois plus tôt, et qui maintenant se distendait autour de ses épaules et bâillait sur son ventre rebondi, mais aussi longtemps qu'elle le put, elle marcha de long en large sur le vieux parquet grinçant, en pantoufles, gémissant de terreur quand la douleur la saisissait et l'emportait au royaume des damnés. Parfois, Gladys faisait les cent pas à son côté, la prenant par le bras et lui tenant la main. « N'essayez pas de parler, mon enfant », disait-elle à Bill, qui voulait exprimer ce qu'elle ressentait.

Durant la nuit, quand ses cris devinrent trop perçants, tante Winnie vint dans la chambre, dont elle referma vite la porte derrière elle. Restant là, à l'écart, dans sa vieille chemise de nuit de flanelle légère, les mains jointes, les cheveux détachés sur les épaules, elle dit à Bill que, pour leur bien à toutes, elle devait essayer de retenir ses cris. « Il n'est pas nécessaire que la ville entière sache ce qui se passe ici, ma chérie », déclara-t-elle.

Puis Bill demanda une fois encore si on pouvait faire venir un médecin ou une sage-femme. « J'ai tellement mal, plaida-t-elle. Je ne vais pas pouvoir le supporter. J'ai besoin qu'on me soulage, s'il vous plaît. Un médecin pourrait m'aider. » Elle était terrifiée à l'idée de mourir ici, à dix-huit ans, enfermée dans la petite chambre du fond, sans aucune aide médicale.

« C'est impossible. Tu le sais, ma chérie. De plus, je ne crois pas que quiconque puisse faire quoi que ce soit. L'accouchement est une épreuve douloureuse, tout le monde te le dira. » Tante Winnie lui avait parlé d'une manière si brutale que Bill se mit à pleurer. Tante May, qui avait accouru dans la chambre, dit : « Calme-toi. Cela ferait aussitôt le tour de la ville, tu le sais, ma petite fille. Nous essayons de te protéger, mais aussi de protéger tes parents, tes sœurs et ton frère, ainsi que nous-mêmes. » Et tante Maud, ayant rejoint ses sœurs, ajouta sa voix sinistre au chœur des lamentations : « Tu aurais peut-être dû y penser avant. »

Bill resta dans sa petite chambre aux volets clos, seule, ou avec Gladys à son côté, pendant toute la nuit, toute la journée du lendemain et la nuit suivante, se tordant et se balançant d'avant en arrière, dans les affres d'une douleur et d'une terreur grandissantes. Elle avait la certitude d'être en train de mourir, que son bébé était en train de mourir. Quelque chose n'allait pas. Pourquoi est-ce que ça durait aussi longtemps ? Pourquoi ses tantes refusaient-elles de l'aider ?

Elles passaient de temps en temps dans sa chambre, sans s'attarder, pour voir si la chose était terminée, et semblaient chaque fois un peu plus agacées contre elle et les soucis qu'elle leur causait. Elles soupiraient en la regardant avec ce qui lui semblait être un dégoût à peine dissimulé. « Ce n'est pas encore terminé ? » marmonna tante Maud, comme si Bill était une enfant désobéissante, qui refusait de se plier à leur volonté. « Ça n'en finit pas », dit tante May, ennuyée, en pressant ses paumes l'une contre l'autre. Elles avaient apparemment peu de compassion pour ses souffrances et donnaient l'impression de penser que par sa conduite légère et honteuse, elle avait bien cherché ce qui lui arrivait.

Plus tard, l'âge venant, Bill avait mieux compris ces femmes : étant toujours restées vieilles filles, ayant évité les tentations de la chair pour le bien des autres, éconduit le flot ininterrompu de prétendants envoyés par leurs cousins, tout ça pour pouvoir disposer de leur héritage, il leur était insupportable de contempler ce qu'elles considéraient comme une capitulation facile, irréfléchie et égoïste devant la passion.

L'adoration qu'elles vouaient auparavant à leur nièce préférée s'était transformée en ce qu'elle ne pouvait interpréter que comme de la haine. Elles lui firent bien comprendre qu'elle devait garder ses souffrances pour elle. « Reprends-toi, ma fille. Tu ne fais qu'aggraver les choses inutilement. Essaie de faire preuve d'un peu de courage, ou du moins d'un peu de dignité. Et si tu ne le fais pas pour toi, fais-le au moins pour nous », lui dit tante Maud quand, entendant les cris de Bill, elle entra dans la chambre le lendemain à l'heure du déjeuner. Il était évident qu'elle n'avait jamais ressenti ce que Bill ressentait, sinon elle n'aurait pas parlé ainsi.

Allongée sur son lit, en sueur, Bill agrippait les montants de fer derrière elle en hurlant. Seule Gladys, qui semblait avoir une certaine expérience de l'accouchement, était assez bonne pour passer de longues heures, assise auprès d'elle, serrant sa main, essuyant la transpiration sur son front, l'exhortant à tenir bon, l'assurant que ce serait bientôt terminé. Vers la fin, elle l'encouragea à pousser et l'empêcha de se lever pour aller se jeter par la fenêtre.

Quand enfin le bébé naquit, Gladys coupa le cordon, nettoya le placenta, lava le nouveau-né, l'enveloppa dans une couverture et le plaça dans les bras de Bill. Elle lui annonça qu'elle avait une petite fille en pleine santé.

Celle-ci paraissait regarder Bill de ses yeux bleus de bébé ; elle paraissait la voir. Bill contempla les bonnes joues roses, effleura le fin duvet roux sur son crâne et l'embrassa. Elle entrouvrit la couverture, glissa le doigt dans la main du bébé et sentit les tout petits doigts, avec leurs ongles minuscules, se refermer sur le sien. Elle toucha les petits pieds et leurs dix orteils parfaits. Elle serra sa fille contre elle, éprouva la chaleur de son petit corps chaud, emmailloté dans sa couverture bleue, contre ses seins gonflés.

Ensuite, tante Maud entra dans la chambre, suivie de May et de Winnie, et s'approcha du lit de Bill contre le mur. Elle se pencha sur elle et, avec plus de gentillesse et de prévenance qu'elle n'en avait montré jusque-là, lui dit de se reposer, qu'elle devait être épuisée. Elle avait terriblement souffert, pauvre fille.

« Nous sommes tellement désolées », ajouta tante Winnie, les larmes aux yeux.

Elle s'était montrée courageuse, admit tante May en lui souriant. À présent, elle devait dormir. « Ce sera mieux pour tout le monde ainsi », dit tante Maud en lui prenant délicatement le bébé. Bill leva les yeux vers ses trois tantes, qui s'étaient regroupées comme des ombres autour de la petite fille, qu'elles contemplaient en secouant la tête.

Malgré la douleur dans ses seins, dans son corps déchiré et ensanglanté, elle dormit sans interruption la journée entière et pendant toute la nuit suivante, comme on peut seulement dormir à dix-huit ans. Quand elle finit par se réveiller, à l'aube, un silence inquiétant régnait dans la maison. Son matelas était trempé. La poitrine douloureuse, du sang dégoulinant le long de ses cuisses, à peine capable de tenir debout sur ses jambes tremblantes, elle réussit à sortir du lit et à tituber jusqu'aux toilettes au fond du couloir. Puis elle fit le tour de la maison, ouvrant frénétiquement la porte de chaque pièce, cherchant son bébé, appelant ses tantes qui ne bougèrent pas de leur lit. Gladys semblait avoir disparu.

Elle sortit dans le jardin, sa longue chemise de nuit tachée de sang traînant derrière elle dans la rosée du matin, puis erra dans la rue comme si elle avait pu retrouver son bébé dans le caniveau ou sur la pelouse des voisins. Enfin, Gladys courut après elle et la découvrit, recroquevillée par terre, la tête entre les genoux, incapable de se traîner plus loin dans son état de faiblesse et de désespoir. C'est alors qu'elle eut la bonté de chuchoter à Bill que son bébé allait bien, que tout irait bien pour elle, qu'elle le savait.

32

1956

Après avoir nourri les garçons et servi le thé, le cuisinier a consenti à prendre sa soirée. Bill va dans la cuisine pour trouver Gladys. Assise dans un fauteuil, dans un coin de la pièce, la vieille dame reprise une chaussette dans la pénombre.

« Pourquoi travailles-tu dans le noir ? lui demande Bill. Tu vas devenir aveugle.

— La lumière coûte cher, madame », répond Gladys. Habituée, dès son plus jeune âge, à la frugalité des tantes, la domestique a toujours fait très attention à l'argent. Il n'y a rien de pire que la pauvreté de ceux qui cherchent à préserver les apparences, pense Bill.

Elle dit à Gladys qu'elles ont les moyens de coudre avec la lumière allumée et lui demande d'aller chercher des cacahouètes et des olives, ainsi que la bouteille de xérès doux, puisqu'elle sait que Gladys l'apprécie. Il y a quelque chose dont elle veut discuter avec elle. Elle a besoin de conseils, et elle sait que Gladys n'oublie jamais ce qu'elle a appris ou ce dont elle a été témoin. Elle cite librement la Bible afrikaans et y puise précisément l'expression qu'il lui faut. « *Stille water diepe grond onder draai die duevel rond* », déclare-t-elle en regardant Gladys.

Quand Gladys revient, portant les verres et la bouteille qui s'entrechoquent dans ses vieilles mains tremblantes, Bill se lève pour l'aider et lui fait signe de prendre place à côté d'elle dans le fauteuil près de la fenêtre. Il leur est souvent arrivé de discuter tranquillement toutes les deux, en cousant ou en tricotant, comme Gladys l'aurait fait avec les tantes.

« J'ai besoin de ton aide. J'ai besoin que tu me dises quelque chose dont tu n'as jamais parlé pendant toutes ces années. Cette époque où tu m'as sauvée, à Kimberley, semble appartenir à une autre vie, mais aujourd'hui je te demande de t'en souvenir. Je vais t'expliquer pourquoi. »

Gladys la regarde avec méfiance. Son sourire disparaît. Bill suppose que les tantes lui ont fait jurer le secret, à moins que ça n'ait pas été nécessaire. Une chose paraît sûre : elles lui en ont sûrement dit aussi peu que possible.

Elle réfléchit à la façon d'aborder le sujet, qui a été tu pendant de si longues années. Puis elle se lance : « M. Parks est passé récemment, comme tu le sais. Il est venu me voir parce qu'il pense qu'il est temps pour moi de faire mon testament. » En guise de réponse, Gladys garde les yeux baissés sur son ouvrage, piquant puis ressortant son aiguille dans la vieille chaussette, lui signifiant par là que cela ne la concerne pas. Bill soupire, craignant de n'arriver à rien, une fois encore, mais elle poursuit : « J'y ai réfléchi toute la semaine. Cela m'a causé du souci. J'ai pensé à tant de choses, à tant de gens du passé.

Il y a tellement de possibilités. Tu comprends ? »
Gladys lève la tête vers elle.

« Ça représente beaucoup d'argent, de l'argent
qui pourrait être très utile », ajoute Bill, et la vieille
femme hoche la tête. Elle connaît la valeur de
l'argent.

« Bien sûr, j'ai l'intention de te laisser une pension, si je devais mourir avant toi », l'assure Bill.

Gladys secoue la tête et répond avec conviction :
« Mes maîtresses m'ont laissé le peu dont j'ai besoin,
madame, et vous m'avez donné des vêtements et une
belle chambre dans votre maison. De plus, ma vie est
finie. J'ai vécu assez longtemps. Maintenant je suis
fatiguée, très fatiguée. » Sa peau, et même le blanc
de ses yeux sont d'un jaune cadavéreux, et les frisottis
qui s'échappent de son turban bleu sont d'une blancheur mortelle.

« Tu es probablement la seule personne vivante
qui puisse m'aider à retrouver ma fille », dit Bill.

Gladys secoue la tête et regarde partout dans la
cuisine comme si l'information pouvait être quelque
part. « Je ne sais pas grand-chose, madame, comme
je vous l'ai toujours dit. Les tantes ne parlaient pas
de leur vie ou de celle des autres. Elles gardaient
leurs secrets et elles comptaient sur moi pour les garder aussi. »

Bill insiste : « Mes fils ont tout ce qui leur faut, et
même davantage. Aujourd'hui, je veux enfin faire
quelque chose pour ma fille. »

Gladys sirote son xérès à la manière d'une grande
dame, le petit doigt tendu, comme le faisaient les tantes, puis reprend sa couture. Elle lève les yeux, fronce
les sourcils et se mord la lèvre.

« Qui est venu à la maison ce jour-là pendant que je dormais ? Tu étais là. Tu as peut-être vu qui a pris mon bébé ?

— J'étais là, admet Gladys. J'ai servi le thé et mes meilleurs biscuits. » Bill remplit leur verre et regarde la vieille dame boire une gorgée. Lorsque celle-ci repose son verre, Bill se penche et prend les vieilles mains usées dans les siennes. « Tu as eu la bonté de me rassurer en me disant que tout irait bien. Qu'est-ce qui te faisait penser ça ? Tu voulais seulement être gentille ? Qui était-ce ? »

Gladys dégage ses mains et croque dans une olive, faisant claquer le dentier que Bill lui a payé. Puis elle dit : « Attendez une seconde, madame, je peux peut-être vous aider, en fin de compte. » Elle se lève lentement et quitte la pièce en silence. À quatre-vingts ans, ou peut-être même plus, elle est restée cette femme soignée dans son uniforme gris, mince, droite et alerte, après une vie de labeur et de pauvreté. Son alimentation spartiate – rien que des légumes, des fruits frais et des fruits secs – et un dur travail physique – elle devait cirer les parquets à quatre pattes dans la maison de Kimberley, faire les lits, la cuisine, sarcler le jardin et s'occuper des courses – l'ont maintenue en forme.

Peut-être qu'elle ne reviendra pas. Peut-être est-elle seulement partie lire sa Bible, comme elle le fait tous les soirs, ou parler à ses canaris. Il est sûr qu'elle a fait montre d'une retenue admirable au fil des ans, observant et attendant peut-être ce moment. La vieille dame avait-elle prévu tout cela depuis le début ? se demande Bill. A-t-elle décidé que le moment était venu de dire ce qu'elle savait avant de mourir ?

Une fois encore, Bill pense avec tristesse au rôle important de toutes les femmes dans sa vie : les trois tantes célibataires, Gladys, ses sœurs, sa mère et Helen, aux secrets qu'elles ont cachés, au silence qu'elles ont gardé, aux mensonges qu'elles ont proférés.

33

1936

Bill avait beau se montrer de plus en plus impolie et grincheuse, se lever de plus en plus tard le matin, disparaître de plus en plus longtemps pour aller rendre visite à sa famille, l'appétit de Mark et l'indulgence infinie d'Helen ne faisaient que croître. Elle s'étonnait que tant de mauvaise humeur puisse être ainsi récompensée. Il augmenta son salaire et lui donna la Chevrolet verte et massive. Il la supplia d'accepter un bijou, mais elle refusa, fortifiée par les exhortations de son frère à « rester ferme » et à « obtenir quelque chose ». Puis elle décida que le moment était venu. Elle prit soin de se vêtir de noir – sachant que les couleurs sombres flattaient sa peau mate –, mit du parfum, brossa ses boucles brunes et se dirigea vers le bureau de Mark, comme elle l'avait fait le premier soir. Debout dans la lumière verte, face à sa table de travail, elle insista pour qu'il clarifie la situation vis-à-vis de sa femme.

« Je ne serai la maîtresse d'aucun homme », affirma-t-elle. Elle n'allait pas commettre deux fois la même erreur.

« Qu'est-ce qu'elle fera sans nous ? lui demanda-t-il, posant son cigare. Vous savez qu'elle n'est pas très... solide.

— Elle n'aura pas à faire sans nous. Elle peut rester avec nous. Je ne veux pas qu'elle s'en aille. » Elle entendait les bruits solitaires du jardin nocturne, la stridulation des grillons, le coassement des grenouilles dans l'étang.

« Je ne crois pas qu'elle accepterait, dit Mark en regardant ses mains.

— Elle acceptera certainement, surtout si vous lui faites remarquer que c'est ce que j'ai fait pendant tout ce temps. Je ne veux pas la chasser de sa maison. Pourquoi ferais-je une chose pareille ? Je l'aime, elle aussi, vous savez, peut-être même plus que vous. Elle a été très bonne avec moi et je lui suis reconnaissante. Elle n'a pas l'air gênée que vous me couriez après ; elle m'a même encouragée à vous céder. Je ne crois pas qu'elle soit intéressée par cet aspect de votre relation. Nous pouvons continuer à nous occuper d'elle et à veiller à ce qu'il ne lui arrive rien. »

Au début, Bill crut que sa proposition avait sûrement été ignorée, mais une semaine plus tard, alors que les deux femmes étaient déjà à la table du dîner, en train de manger leur soupe de petits pois dans un silence pesant, il entra. Avant même qu'il eût ouvert la bouche, elle comprit ce qui allait suivre et son cœur se mit à battre plus fort. Elle se demanda si elle pouvait aller jusqu'au bout, si elle voulait vraiment devenir la femme de Mark. Qu'allait dire Helen ? Comment pourrait-elle prendre sa place ?

Il était vêtu d'un élégant costume gris, aux revers brodés à la main, et d'une chemise rose pâle. Ses chaussures noires brillaient d'un éclat dur et sombre. Quand il s'avança vers elles d'un pas décidé, Bill sentit son eau de Cologne. Il prit place au bout de la table d'acajou ciré et se tourna vers sa femme. De sa voix grave, ferme et persuasive, il dit : « J'ai une proposition à te faire, chérie.

— Ah bon, laquelle ? » demanda Helen, regardant alternativement Mark et Bill, qui ne put que baisser les yeux.

Mark commença par s'excuser : il avait été tyrannique, il le reconnaissait, s'était montré trop exigeant vis-à-vis d'elle et ne lui avait jamais laissé assez de liberté. Il l'avait obligée à faire des choses qu'elle ne voulait pas faire – et là, il baissa la tête, tripota sa cuillère et écarta la soupe que John essayait de lui servir. Il dit qu'il avait tenté de faire son devoir, mais qu'elle n'y avait pas trouvé plaisir. Quand il la regarda, ce fut elle qui, cette fois, baissa les yeux.

Il était temps de changer tout ça, poursuivit-il, la mine contrite. Il voulait se racheter. S'il pouvait tout recommencer, il agirait différemment, dit-il, mais on ne peut pas modifier le passé, seulement l'avenir.

« Et qu'est-ce que tu proposes pour y arriver ? demanda Helen avec circonspection.

— J'ai pensé à un arrangement qui pourrait peut-être mieux nous convenir à tous – pas un grand bouleversement, mais quelque chose de plus ouvert, de plus honnête, dans lequel nous trouverions tous notre compte, dit-il d'un ton plus réjoui.

— Je n'en attendais pas moins de toi, répondit Helen, son regard allant de lui à Bill. Alors ? »

En cet instant, Bill n'avait qu'une envie : qu'il se taise ou repousse le moment de sa déclaration.

« Vous devriez peut-être discuter de cela tous les deux, en privé », dit-elle.

Mais Mark secoua la tête. « Nous sommes tous des amis, ici, et j'espère que nous le resterons. Plus de secrets dans cette maison. Plus de mensonges. »

Avec une lueur espiègle dans les yeux et son sourire de vilain garçon, il se lança :

« Tu reprends ta liberté, toutes les clés, la direction des domestiques, et la plus belle chambre de la maison. J'obtiens ce que je veux, et Bill devient une femme honnête. »

34

1936

DÈS qu'Helen eut signé les papiers du divorce, une cérémonie civile fut organisée à la maison, dans le jardin, suivie d'une petite réception. Un photographe prit une photo des mariés, posant sur la pelouse ; Mark a le bras passé autour des épaules de Bill. La tenue de celle-ci, un élégant tailleur marron, a toujours étonné ses fils. Pas de fleur d'oranger, pas de longue robe blanche, pas de voile. Ses cheveux noirs sont coiffés avec la raie au milieu et, cette fois, elle tient dans ses mains un bouquet de roses blanches. Ses sœurs, les demoiselles d'honneur, sont vêtues de beige, et Charles, le garçon d'honneur, affiche un large sourire et tient comme il se doit le gros diamant bleuté que Bill portera comme alliance.

Helen, à qui la cérémonie fut épargnée, partit voir son fils au Cap pendant que Bill et Mark étaient en voyage de noces en Europe.

Avant le retour d'Helen, Bill prépara soigneusement la grande chambre bleue, comme Helen l'avait un jour soigneusement préparée pour elle. Elle aussi remplit le vase de roses cueillies dans la roseraie, disposa un déshabillé monogrammé sur le lit, des serviettes neuves et une savonnette française dans la salle de bains.

Elle l'attendait dans le vestibule, pour l'accueillir à son retour à la maison, quand elle entendit la voiture remonter l'allée.

Seule avec Mark, les journées lui paraissaient déjà longues et difficiles à remplir. Maintenant qu'il ne la courtisait plus, il s'était renfermé sur lui-même et trouvait de nouveau ses bavardages assommants. C'était un homme actif, qui puisait son plaisir dans son travail.

« Chérie, je suis si contente que vous soyez rentrée. Vous m'avez manqué », dit-elle à Helen, en toute sincérité, en embrassant chaleureusement sa joue pâle. Sans répondre, l'expression froide et sournoise, Helen monta dans sa chambre, suivie par ses chiens. Qu'aurait-elle pu faire d'autre ? Où aurait-elle pu aller ?

Elle descendit cependant pour dîner à huit heures, élégante dans une nouvelle robe en mousseline de soie grise. Ils dînèrent tous les trois dans la longue salle à manger, presque comme si rien n'avait changé. Mark présidait en bout de table, satisfait d'avoir les deux femmes à ses côtés. Il fit poliment la conversation pendant que John apportait les plats, semblant de meilleure humeur qu'il l'avait été depuis le mariage. « Comme au bon vieux temps », dit Helen.

C'en était néanmoins fini des grands dîners. Même les amis d'Helen, qui vivaient une vie de bohème, trouvaient sa décision incompréhensible et refusaient de venir à la maison. Leur trio leur paraissait trop bizarre. De sorte que leurs dîners devinrent de plus en plus intimes, les silences de plus en plus longs et lourds.

Les deux femmes buvaient de plus en plus et, après plusieurs bouteilles de vin, le ressentiment qui couvait faisait inévitablement surface.

Helen avait maigri et paraissait presque décharnée. Elle remplissait le verre de Bill et la regardait le vider avidement. Un jour, contemplant Bill, son élégante robe noire et sa grosse bague en diamant, elle esquissa un petit sourire suffisant et déclara, avec une pointe d'ironie dans sa voix distinguée : « C'est extraordinaire, chérie, n'est-ce pas ?

— Qu'est-ce qui est extraordinaire ? demanda Bill, soupçonneuse.

— J'ai réussi à vous faire aimer l'alcool autant que moi. Bientôt, le pauvre Mark sera obligé d'embaucher une dame de compagnie pour garder les clés et vous surveiller !

— Comment osez-vous me parler comme ça ! » s'écria Bill. Mais ce fut Mark qui se mit en colère et tapa du poing sur la table, brisant une belle assiette Wedgwood. « Je veux la paix dans ma maison. J'ai eu une longue journée de travail », déclara-t-il en regardant les deux femmes l'une après l'autre.

Devant ce mouvement d'humeur, Helen se leva et quitta la table, sa serviette de lin à la main, semblant flotter vers la porte comme elle l'avait fait ce premier soir où Bill avait pénétré chez elle.

35

1936

HELEN était de moins en moins capable de jouer le jeu. Elle refusait de descendre à l'heure des repas, qu'elle prenait dans sa chambre. Elle la quittait rarement maintenant, préférant passer son temps à lire ses livres français et russes, à écrire sur son secrétaire ou à se plaindre au téléphone à son fils ou aux rares amis qui lui restaient. Elle ne sortait que pour promener ses chiens et, au bout d'un temps, chargea Bill de le faire à sa place. Le panier en forme de rein retourna dans un coin de la chambre du couple. John était désormais le seul à qui elle parlait avec courtoisie, en zoulou.

Bill continuait d'aller la voir tous les matins, comme elle le faisait au début de son séjour dans la maison. Elle essayait, ainsi qu'elle l'avait fait précédemment, de la distraire. Helen paraissait de plus en plus maigre, elle avait le teint jaunâtre et ses jambes ressemblaient à des brindilles cassantes quand elle s'asseyait dans son lit, son cardigan rose mangé aux mites sur les épaules, ses cheveux gris négligés et relevés avec un peigne. « Allez voir votre homme, votre précieux mari, celui que vous m'avez volé ! » disait-elle d'une voix rauque.

Il devenait de plus en plus évident qu'elle était gravement malade, mais elle refusait de voir un médecin. Les seules personnes qu'elle admettait à son chevet, alors qu'elle restait couchée à boire et à fumer, étaient John et son fils, un garçon blond de dix-sept ans, qui était apparu dans son bermuda gris, les genoux nus, rappelé de sa pension pour venir pleurer au côté de sa mère.

Quand John vint chercher Bill un matin de bonne heure et, solennel, la tête baissée, déclara : « Vous feriez mieux de venir vite », elle se précipita auprès d'Helen. Elle la trouva seule dans sa chambre, qui respirait avec difficulté. Son fils était sorti dans le jardin, en laissant la fenêtre ouverte, peut-être après une nuit de veille. Bill la referma et s'apprêtait à appeler un médecin lorsque Helen se redressa dans son lit et tendit les mains vers elle. « Serrez-moi », dit-elle. Bill la prit dans ses bras, la tint contre sa poitrine et la serra fort, tandis qu'elle s'éteignait sans un soupir, sa tête tombant, légère, sur son épaule. Elle s'en alla aussi tranquillement qu'elle était venue vers elle ce premier jour, descendant les quelques marches du salon, et ses traits retrouvèrent leur douceur printanière. Bill la reposa sur le drap humide et taché, et revit son visage pâle et placide tel qu'il était la première fois qu'Helen l'avait prise par la main pour l'emmener dans le jardin qu'elle avait rendu si beau.

Bill resta à côté d'elle jusqu'à ce qu'on vienne l'emporter. Puis elle demeura seule dans la chambre vide, si vide qu'elle-même semblait l'avoir désertée, comme si elle était partie avec Helen.

Même si Bill savait qu'Helen était malade, elle ne s'était pas attendue à cela, pas maintenant, pas ce matin ensoleillé, où le jardin était en fleurs, son piano ouvert dans le salon, ses partitions encore posées sur le pupitre, qui l'attendaient.

Le jour des funérailles, Bill déambula dans la chambre bleue, en combinaison, comme si elle pouvait encore y trouver Helen. Elle se rappelait le jour où elle l'avait forcée à s'habiller et à descendre, où elle avait mis un disque et l'avait fait danser dans le salon ouvert sur le jardin.

Mark faisait les cent pas. Sa joue était agitée de tics. Elle y porta la main pour immobiliser le muscle. Il l'écarta. « Va t'habiller et descends. Tu dois te montrer. Si tu crois que c'est facile, pour moi ! » dit-il, avant de tourner les talons et de quitter la chambre.

John, dont l'uniforme blanc amidonné était barré d'une étoffe d'un noir profond, passait du champagne et des canapés. Les gens, en habits sombres, chuchotaient par petits groupes, tête penchée les uns vers les autres, faisant des commentaires sur l'étrange choix de rafraîchissement et lançant des regards méprisants à Bill quand elle traversa la pièce. Personne ne vint la voir. Elle resta seule, adossée au mur, remuant les lèvres, pensant à Helen. Elle avait froid dans la pièce chaude.

Après ça, de nombreux domestiques donnèrent leur congé. Bill se retrouvait de plus en plus seule dans la grande maison, dont l'alcool seul pouvait remplir le vide, comme en cette après-midi où elle sirote son xérès dans la faible lumière grise, en attendant le retour de Gladys et en écoutant le bruit de l'orage qui s'annonce.

36

1956

Bill entend les pas lents et traînants de Gladys et sa respiration haletante dans le couloir. Elle revient en tenant quelque chose dans ses mains noueuses et tremblantes. « J'ai cherché partout. Je l'avais rangé dans une vieille boîte de bonbons en fer, au-dessus de l'armoire, et je l'avais oublié. Mais le voici », dit-elle en lui donnant le petit carnet bleu. Bill passe la main sur la couverture en cuir lisse, aux angles soigneusement cousus à la main. Elle le reconnaît immédiatement, ce qui fait rejaillir en elle toutes les émotions qu'elle a ressenties pendant ces neuf mois passés dans la maison de ses tantes à Kimberley : le carnet d'adresses, qui restait toujours à côté de ce téléphone qu'elle n'avait pas le droit d'utiliser.

Elle a si souvent regardé l'appareil avec convoitise ! Que serait-il arrivé si elle avait dit à Isaac qu'il allait être père ? Elle est certaine aujourd'hui que le garçon, jeune comme il l'était, serait venu chercher son enfant, et son propre manque de courage, la piètre estime qu'elle avait d'elle-même à dix-sept ans l'attristent plus que toute autre chose. Ce triumvirat

de tantes, leur maintien rigide, leurs regards répro-
bateurs, leurs aiguilles cliquetantes, ont réussi à la
réduire au silence.

Gladys contemple sa maîtresse de son regard
franc et lumineux et dit : « Je l'ai gardé en souvenir
de ces bonnes dames. Elles ont fait de leur mieux
pour vous, vous savez, madame. Elles ont versé des
larmes amères. » Bill hoche la tête en entendant le
vieux cliché, bien qu'elle ne soit pas du tout sûre que
ce soit vrai.

« Viens t'asseoir près de moi », dit-elle, tapotant
le chintz rose du sofa à côté d'elle. Elle invite Gladys
à se servir un autre verre de xérès, alors que dehors
le vent continue de souffler et que la pluie éclabousse
les fenêtres. Elle ouvre le petit carnet d'adresses et,
en voyant les quelques noms, ce cercle réduit d'amis
et de connaissances de ses tantes, s'attriste de cons-
tater l'étroitesse de leur vie, consignée à l'encre bleu
roi dans l'écriture soignée de tante Maud.

« Il y a peut-être quelque chose là-dedans », suggère Gladys en scrutant les pages avec attention. Bill
sait pourtant qu'elle n'a jamais appris à lire, bien
qu'elle ait bravement réussi à écrire son nom pour
eux, ce jour-là.

« Les bonnes dames ne voulaient pas que je vous
parle, reprend-elle en saisissant la main de Bill. Elles
pensaient que ça ne ferait qu'ajouter à votre chagrin,
mais maintenant, peut-être qu'elles comprendraient.
C'était un si beau bébé. »

Bill hoche la tête et, sentant des larmes couler sur
son visage, sort son mouchoir de sa manche. Ces
mots, prononcés si simplement après tant d'années

de silence, la submergent d'émotion. « Dis-moi ce qu'il lui est arrivé. Dis-moi ce que tu sais.

— C'est une dame qui est venue la chercher, confesse Gladys, alors que Bill regarde à "A", pour Agence d'adoption, dans le carnet, sans rien trouver.

— Tu l'as rencontrée ? demande-t-elle.

— On ne m'a évidemment pas présentée, madame. Mais j'ai entendu son nom prononcé plusieurs fois avant la naissance du bébé et le jour même. Elle a rendu visite à vos tantes pour discuter avec elles, à l'époque où elles se demandaient quoi faire du bébé, mais c'était il y a si longtemps.

— Plus de trente ans, dit Bill. Est-ce que tu l'as aperçue ? Tu as vu à quoi elle ressemblait ?

— Je n'oublie jamais un visage, et surtout pas celui-là, madame. Je lui ai préparé une tasse de thé et lui ai apporté mes bons biscuits.

— Donc, tu l'as vue distinctement.

— Elle avait l'air d'une dame gentille et soignée. Je me souviens bien d'elle. J'ai fait très attention. Je voulais m'assurer qu'elle était comme il faut, madame, vous comprenez.

— Et qu'aurais-tu fait si ça n'avait pas été le cas ? ne peut s'empêcher de demander Bill d'une voix dure, sa vieille colère remontant brusquement à la surface à la pensée de cette trahison. Tu m'aurais réveillée ? Prévenue ? »

Gladys baisse les yeux sur ses vieilles mains, avant de regarder de nouveau Bill. Elle n'a peut-être pas la réponse à cette question. Peut-être se l'est-elle posée de nombreuses fois, et pense que Bill n'a aucun droit de le faire. Elle dit simplement : « Mes maîtresses étaient très pauvres. Vous ne vous rendez pas compte.

Elles n'avaient plus d'argent. Ça faisait des années qu'elles ne m'avaient pas payée. Je ne pouvais pas les abandonner. Qu'est-ce qu'elles auraient fait ? »

Dans un éclair de lucidité, Bill comprend alors ce qui a dû se passer. Pourquoi n'y a-t-elle pas pensé avant ? « Tu savais et tu ne m'as pas dit qu'elles allaient vendre mon bébé ! »

Regardant Gladys, Bill réalise qu'elle n'a jamais eu la moindre idée de ce que celle-ci pensait réellement à l'époque. Gladys poursuit : « Je me souviens qu'elle avait des gants blancs et propres, et des chaussures cirées. C'est le genre de choses que je remarque. Des gants en disent long sur une dame.

— Continue. » Bill craint que la vieille bonne, qui est terriblement snob à sa façon, ne perde le fil de ses pensées et ne lui fasse un cours sur les qualités propres à une dame – qualités dont elle a l'air de soupçonner que Bill est dépourvue.

« Pas une grande dame – ses vêtements n'étaient pas neufs, ça se voyait, mais elle était assez soignée, et elle a fait ce qu'elle avait dit qu'elle ferait.

— Tu veux dire qu'elle a payé ? »

Gladys poursuit : « J'ai remarqué qu'elle la tenait correctement quand elle me l'a prise dans l'entrée.

— C'est toi qui l'as remise à cette femme ? » demande Bill, sentant les larmes revenir. Elle veut demander : « Pourquoi n'es-tu pas venue me réveiller ? Est-ce qu'elles t'ont payée, toi aussi ? »

Gladys pince les lèvres. « Eh bien, vos tantes ne voulaient pas la toucher ! Elles sont allées la chercher au moment où vous dormiez à poings fermés, et elles me l'ont confiée. Je lui ai donné un peu d'eau sucrée quand elle a pleuré et je l'ai promenée dans la cuisine. J'ai mis mon doigt dans sa bouche pour qu'elle le suce. Quand la dame a eu fini son thé, les tantes m'ont fait venir dans le salon. Elles m'ont demandé d'amener le bébé, qui s'était gentiment endormi. La dame voulait l'examiner. J'ai dû la démailloter, pour qu'elle puisse voir ses doigts et ses orteils. »

Bill ne peut pas s'empêcher de demander : « Pourquoi n'es-tu pas venue me réveiller à ce moment-là ? Tu devais bien savoir que je serais désespérée. »

Gladys regarde ses mains et répond : « Quand on était dans l'entrée et que je lui ai mis le bébé dans les bras, je leur ai demandé si elles ne voulaient pas vous réveiller, pour que vous puissiez lui dire au revoir. Mais elles m'ont regardée comme si j'étais folle. Alors je me suis dit, pourquoi vous faire souffrir davantage ? Je me suis dit que c'était peut-être mieux pour vous deux, finalement.

— Personne n'a mentionné le nom des gens qui achetaient mon bébé ? »

Gladys secoue la tête. « Si vous me lisez les noms dans le carnet, je me rappellerai peut-être celui de la dame. Elle avait un nom curieux. Elle ne faisait pas partie des gens qui venaient à la maison, et je les connaissais tous », affirme Gladys, se redressant fièrement et regardant vers l'autre bout de la pièce comme si ces gens arrivaient pour le thé.

« Je n'en doute pas une seconde », répond Bill, espérant ramener la vieille dame à son histoire, mais se disant aussi que ces gens que Gladys s'enorgueillit de connaître ne devaient la connaître, elle, que sous le nom de Gladys, si ce n'est pas seulement comme « la bonne ». Bill songe à la longue vie de servitude de cette femme intelligente, sensible et perspicace, à cette perte de temps et ce gâchis de talent.

Elle suit la suggestion de Gladys. Il y a si peu de noms. Elle les lit tous lentement, levant les yeux après chacun. Quand elle énonce « Mme S. McNulty », Gladys lui pose la main sur le poignet. Elle dit que c'était peut-être bien celle-là. « Je me souviens d'avoir pensé que ça sonnait comme le mot "nul".

— Nul en effet, d'acheter des bébés et de les enlever à leur mère », commente Bill, regardant Gladys. Il y a un numéro de téléphone et une adresse.

« Merci, Gladys, reprend-elle. Je te suis vraiment reconnaissante pour ce carnet. » Elle le porte à son cœur qui tambourine.

La femme est probablement morte aujourd'hui, pense Bill, ou aura pris sa retraite, mais par elle ou par quelqu'un qui l'aura connue, elle sera en mesure de retrouver l'enfant. « Tu l'as conservé pendant toutes ces années », dit-elle, et elle se demande si Gladys avait conscience, depuis le début, qu'il devait contenir le nom qu'elle voulait tant connaître. Il y a peu de choses que Gladys ne sache pas.

37

1926

Cinq jours après l'accouchement, seule dans le salon de la maison de Kimberley, Bill attendait sa sœur aînée et son jeune frère, qui devaient arriver par le train. Ses parents les avaient envoyés la chercher pour la ramener à la maison. Bill regardait par la fenêtre en soulevant le voilage, comme ses tantes l'avaient fait neuf mois plus tôt. Lorsqu'elle vit son petit frère approcher, dans son bermuda gris, elle se précipita dans l'entrée et ouvrit la porte. Il courut vers elle et jeta les bras autour de sa taille dans l'entrée sombre avec son porte-chapeaux et son odeur d'encaustique. Bill se rappelle le réconfort que lui procurèrent ses mots et le contact de son corps contre le sien encore endolori.

« Tu m'as tellement manqué, lui dit-il en enfouissant la tête dans son giron.

— Toi aussi, tu m'as manqué », répondit-elle, et elle pleura, pour lui et pour ce qu'elle avait perdu. Il avait huit ans. Il lui expliqua qu'il avait insisté pour accompagner Pie. À dix-neuf ans, c'était maintenant une grande fille mince et dégingandée. Elle serra fort sa sœur contre elle en disant : « Tu nous as manqué à tous. »

Ils l'aidèrent à fermer sa petite valise en carton, dans laquelle elle avait rangé ses maigres affaires, et l'escortèrent dans le couloir. Les trois tantes étaient alignées dans l'entrée, par ordre d'âge, silencieuses. Elle ne put se résoudre à les embrasser pour leur dire au revoir, ni à les remercier de l'avoir recueillie chez elles, même si elle comprenait qu'elles avaient fait ce qui leur semblait être leur devoir, et que cela leur avait coûté. Elle leur lança un regard furieux et plein de reproche. Elle leur en voulait de leur silence à propos de l'enfant, bien qu'elles l'eussent mieux traitée depuis la naissance, lui servant des repas plus copieux qu'elle n'en avait jamais pris dans cette maison, lui conseillant de rester au lit et de se reposer, l'incitant à manger pour reprendre des forces, et demandant même à Gladys de repriser, de laver et de repasser ses vêtements.

Elle les revit de longues années plus tard. Après son remariage, elle leur envoya un cadeau tous les ans à Noël, choisissant précisément ce qu'elle avait désiré si fort quand elle était une toute jeune fille enceinte chez elles : un gros gâteau de Noël, des pots de confiture et de marmelade d'orange, des bouteilles de porto.

Plus tard, elle fut capable de penser à elles avec plus de bienveillance, mais à ce moment-là, dans cette entrée où elle avait été si malheureuse, elle les détestait de tout son cœur. Elles lui avaient volé son enfant, l'avaient arrachée à son corps souffrant. Elle les aurait laissées plantées là, murées dans leur silence, si tante Winnie ne lui avait pas pris la main et, se penchant vers elle, n'avait pas effleuré sa joue de ses lèvres gercées. « Il ne faut pas nous en vouloir, mon enfant, dit-elle. Nous avons fait de notre mieux. »

Assis au soleil, au café de la gare, tous trois prirent un copieux petit déjeuner avec des œufs au bacon, avant de monter dans le train. Ils lui laissèrent la meilleure couchette sous la fenêtre, où elle pleura au son des roues du train qui tournaient inlassablement, l'éloignant de l'endroit où elle avait connu un bonheur si bref, de son bébé qui était tout ce qui lui en restait. Charles vint s'allonger à côté d'elle comme il l'avait fait si souvent.

Elle écouta le bruit du train qui roulait puis entendit un sifflement soudain quand il s'arrêta. Il n'y eut plus alors que le silence dans le veld vide et aride, et un goût de poussière dans sa bouche.

1926

De retour à la maison, elle décida qu'elle voulait soigner les malades et les infirmes, aider ceux qui souffraient, ceux qui étaient dans le besoin. Avec une amie, elle alla s'inscrire à une école d'infirmières. Elle se fit prendre en photo dans son uniforme, souriante, retenant sa coiffe dans le vent, assise sur un muret entre deux camarades. C'est une photo qu'elle conserva et que ses fils trouvèrent un jour. Elle se plongea avec sérieux dans ces études pratiques qui l'intéressaient, pour une fois. Une semaine après le début des cours, son père se présenta dans le hall de l'école et demanda à la voir.

« À quoi penses-tu ? Les filles qui deviennent infirmières sont tout au bas de l'échelle, lui dit-il. Tu ne seras rien de plus qu'une boniche, ma petite. Il n'est pas question qu'une de mes filles torche le derrière des pauvres. » Cette fois, faisant fi de son vieux discours, elle tint bon et termina sa formation d'un an.

Elle ne parlait jamais de ce qui s'était passé, bien qu'à son avis, les gens fussent au courant de son histoire, même s'ils n'abordaient pas le sujet devant elle. Il n'y fut jamais fait allusion. Un silence se répandit autour d'elle, s'infiltrant partout et surtout à l'intérieur de sa famille, touchant son frère, ses sœurs, ses parents.

« Nous n'en parlerons plus jamais », lui avait dit son père ce jour-là à Kimberley, et jusqu'au jour de sa mort, il tint parole. Aucun de ses parents n'avait vécu vieux. Ils ne la virent pas donner naissance à ses deux fils. Son père, qui avait le cœur fragile, avait toujours travaillé trop dur : il rentrait tard le soir et partait de bonne heure tous les matins, et devait s'occuper d'un foyer plein d'enfants, ce dont sa mère n'avait jamais été capable.

Le silence ne fut rompu que lorsque Bill elle-même décida de parler de son histoire d'amour à ses fils, et encore ne leur révéla-t-elle qu'une toute petite partie de la vérité.

39

1956

ELLE ignore ce que M. Parks connaît sur le sujet, mais avec le nom de la femme qui a pris son bébé, elle espère bien pouvoir le retrouver. Il y a forcément une trace de l'existence de l'enfant quelque part. Si elle parvient à parler de cette affaire secrète, si elle a ce courage, elle retrouvera sa petite fille.

Prenant une profonde inspiration pour se calmer, elle téléphone à M. Parks.

« Bonsoir, dit-il. C'est un sacré orage que nous avons. »

Elle n'a aucune envie de parler du temps. « J'ai suivi votre suggestion et beaucoup réfléchi à la question, déclare-t-elle. Je suis prête à faire mon testament.

— Je suis très heureux de l'apprendre, ma chère. Je pense que c'est sage de votre part. »

Elle écoute le bruit de la pluie, qui a tourné au déluge. Une violente tempête estivale. « Vous pouvez passer quand vous voulez. Pourquoi pas dès ce soir, si vous êtes prêt à affronter les éléments ? » propose-t-elle.

Un peu plus d'une demi-heure plus tard, le voilà de nouveau dans son vestibule, le visage tout rose. Cette fois, elle est habillée convenablement, d'une robe en soie de couleur sombre. Elle porte ses bagues à ses doigts et des perles aux oreilles. Elle le fait entrer elle-même et lui propose un gin tonic. Elle le remercie pour son conseil et ajoute qu'il lui a été utile. Il l'a incitée à réfléchir.

« Je me réjouis d'avoir pu vous aider », répond-il avec un peu de suffisance. Il l'agace déjà, assis une fois encore dans son salon, vêtu d'un costume gris moiré aux épaules rembourrées.

« Oui, eh bien, vous pensez que je devrais laisser mon argent à mes fils, je m'en rends compte, mais j'ai d'autres idées.

— Vous êtes seule décisionnaire, chère amie. C'est votre argent, bien entendu », dit M. Parks, réprobateur, en caressant sa moustache. Il repose son verre, sort un calepin, un stylo-plume, retire le capuchon et commence à écrire.

« Justement », acquiesce-t-elle.

Et c'est alors qu'elle décide de faire ce dont elle a envie, pour une fois dans sa vie. Mark comprendrait sûrement, et dans le cas contraire, il le devrait. Elle laissera quelque chose à ses sœurs et un peu plus à son frère, annonce-t-elle à M. Parks, un million en tout. Elle se moque qu'ils jugent ou non la somme suffisante. Elle récompensera aussi Whit pour une agréable soirée, pour l'avoir amusée, quelles qu'aient été ses motivations. Elle aimerait passer du temps en sa compagnie. Pourquoi pas ? Elle partira peut-être même en voyage à l'étranger avec lui. Elle a toujours voulu retourner en Italie pour nager dans la Méditerranée et revoir des endroits qu'elle a visités avec Mark et Helen. C'est le moment de le faire, avec un compagnon charmant qu'elle aura elle-même choisi. « J'aimerais laisser quelque chose au neveu de Pie, ajoute-t-elle.

— Au neveu de Pie ? répète Parks, confus, en levant sa plume.

— Oui, le fils de sa belle-sœur, le comédien, Whit Johnson, un jeune homme tellement adorable.

— Est-ce bien raisonnable ? demande M. Parks, dubitatif, reposant son stylo et croisant les mains sur ses genoux.

— Je veux lui laisser une petite somme d'argent, deux ou trois cent mille livres, peut-être, le capital revenant à mes fils à sa mort, ce qui lui permettra seulement de toucher les revenus générés, vous voyez ?

— Oui, je vois. Eh bien, évidemment, cela semble plus sage, et je respecterai vos souhaits si vous insistez, dit M. Parks en reprenant son stylo.

— J'insiste. Prenez-en bonne note. Et je n'ai pas terminé. J'aimerais aussi laisser une somme équivalente à John, dit Bill, songeant au vieux cuisinier qui a pris soin d'eux pendant toutes ces années. Il a été si bon envers mes fils.

— John, l'indigène ? demande M. Parks.

— C'est un vieil homme respectable, qui a travaillé pour moi une bonne partie de sa vie, tout comme Gladys.

— Votre mari lui a octroyé une petite pension, je crois, comme vos tantes l'ont fait pour Gladys.

— Je sais, mais j'aimerais la compléter.

— Comme vous voulez, même si je suppose qu'ils mourront tous les deux bien avant vous », dit M. Parks en souriant. Et Bill ne peut s'empêcher de sourire elle aussi en entendant le ton de sa voix, en voyant la déception sur son visage. Apparemment, ce n'est pas ce qu'il avait en tête, cette longue liste de gens qui recevront de l'argent à sa mort, et qu'il note, même si ça ne lui plaît pas.

« Mais tout cela ne se monte pas à grand-chose, fait-il remarquer. Qu'en est-il du reste de votre fortune ? »

40

1936-1946

Joʜɴ n'accepta de rester, après la mort d'Helen, que
lorsqu'il apprit que Bill attendait un enfant. Lui-
même ressemblait à un mort vivant. Le teint de cen-
dre, l'expression grave, il effectuait toujours scrupu-
leusement ses tâches dans la grande maison, mais
n'adressait pas un mot à la nouvelle maîtresse,
enceinte qui plus est.

Bien qu'il ait continué à travailler pour Bill pendant toutes ces années et soit entièrement dévoué à
ses enfants, il demeure avant tout fidèle à Helen. Il
n'arrête pas de lui dire, d'un air de reproche plein
de dignité, comme si elle était responsable, que la
vieille madame lui est apparue en rêve. Il est d'une
loyauté farouche, et donnerait gaiement sa vie pour
ceux qu'il aime. Or il aime ses fils par-dessus tout.

Bill espérait qu'avec l'arrivée des enfants, la maison se remplirait de nouveau de rires, qui dissipe-
raient le silence sinistre. De fait, les quelques employés
qui restèrent, suivant comme toujours l'exemple de
John, semblèrent l'accepter plus facilement quand il
devint visible qu'elle allait être maman.

Lorsqu'elle descendit de la voiture, à son retour de l'hôpital, avec son chapeau fleuri et ses longs gants, elle tenait fermement son bébé dans ses bras, enroulé dans un magnifique châle blanc en dépit de la chaleur de décembre. Il était arrivé vite et facilement, grâce à l'administration de chloroforme aux moments voulus. Entourée d'infirmières bienveillantes et de médecins compétents, dans une vraie salle de travail, Bill s'était accrochée à son bébé aux grands yeux bleus quand on le lui avait placé dans les bras.

Tous les domestiques étaient alignés dans le vestibule pour l'accueillir, souriant, applaudissant, la félicitant et s'extasiant devant le nourrisson blond. Tout d'abord, Bill ne remarqua pas la jeune femme aux joues roses au milieu des autres employés, dans son impeccable blouse blanche et sa coiffe. Puis Mark lui présenta miss Jacks, infirmière écossaise diplômée. Son sourire lui creusant une fossette au menton, la jeune femme lui dit : « Vous devez être épuisée, allez donc vous reposer. » Et elle lui prit le bébé des bras, en ordonnant à une bonne d'aller ouvrir le lit dans la chambre de ses maîtres et de fermer les persiennes.

Elle se retrouva dans la chambre obscure, seule avec Mark, qui lui ôta son chapeau, ses gants, et l'embrassa affectueusement. Il lui dit à quel point il était fier d'elle et heureux qu'elle soit de retour, et en bonne santé, à la maison. « Nous devons donner une réception pour fêter l'événement. » Il la fit asseoir à côté de lui sur le lit et lui dit qu'il avait quelque chose pour elle, sortant de sa poche un écrin de velours bleu. « Vas-y, ouvre », insista-t-il alors qu'elle hésitait, regardant l'écrin comme s'il risquait de lui exploser dans les mains. Elle souleva le couvercle et découvrit une époustouflante bague ornée d'un saphir oblong. « Bleu comme les yeux de notre bébé », déclara-t-il avec fierté. Bill l'embrassa, le remercia pour la magnifique bague et pour avoir engagé une nurse expérimentée, mais ajouta qu'elle préférait s'occuper elle-même de son bébé. Elle sentait son lait monter. Il sourit comme si elle avait fait une remarque obscène. « Alors, laisse-moi t'aider », dit-il, en entreprenant de la déshabiller. Penché au-dessus d'elle et lui caressant doucement la joue, il suggéra qu'une femme dans sa position devait probablement cesser d'allaiter une fois sortie de la clinique. Il dit qu'il adorait son bébé, qu'il comptait travailler plus que jamais pour lui offrir toutes les chances dans la vie, mais qu'il ne voulait pas partager ses seins magnifiques avec un nourrisson qui vagit et qui bave. Tout en parlant, il reprit possession de son bien, à présent gorgé de lait, glissant les mains dans son décolleté en dentelle. Bill se rappela Isaac disant : « Ce sein est à moi, et celui-là aussi. »

« J'ai besoin de toi à mes côtés, ma chérie », dit-il. Il se hissa près d'elle sur le lit, lui prit la main pour la placer sur son sexe, l'obligeant à le caresser, à se courber sur lui, lui maintenant la tête pour l'encourager à continuer, à frotter les lèvres contre son membre, à le sucer.

Lorsqu'il eut fini, il la prit dans ses bras, amoureusement, et lui dit de se reposer, ajoutant que le bébé gagnerait à être nourri au biberon et qu'eux deux jouiraient ainsi de bonnes nuits de sommeil.

Bill jugeait difficile de se plaindre. L'organisation de Mark n'était pas déplaisante. On ne lui demandait pas de changer les couches du bébé ou de lui faire faire son rot, ni d'arpenter la chambre la nuit pour l'apaiser s'il était malade. La jolie infirmière écossaise aux joues roses était parfaite : expérimentée, sensible, toujours joyeuse et très affectueuse. Lorsque les sœurs de Bill lui rendirent visite, elles admirèrent le nouveau-né, trouvèrent Bill très en forme et très privilégiée de ne pas devoir se lever la nuit quand le bébé avait des coliques. On amenait le petit garçon dans le lit de Bill en même temps que le plateau du petit déjeuner, avec le café, le lait chaud et les fruits tropicaux en tranche.

Quand le nourrisson eut trois mois et que l'infirmière diplômée partit, Mark embaucha une nurse anglaise, choisie dans une revue britannique appelée *The Lady*. Bill avait donc tout loisir de satisfaire les caprices de son mari et les siens, d'être sa partenaire dans ce travail qu'il accomplissait avec tant de réussite, et de faire en sorte d'être toujours magnifiquement habillée, suffisamment reposée et pomponnée.

Bien qu'ils eussent deux jeunes enfants, Mark tenait à ce que Bill l'accompagnât dans ses voyages quand il le souhaitait, où il le souhaitait et aussi longtemps qu'il le souhaitait. Ainsi, ils parcoururent le monde et visitèrent tous les endroits qu'elle rêvait autrefois de voir. Ils retournèrent à Paris, Londres et Copenhague, laissant les enfants à la maison avec la nurse. Bill repensait à l'histoire d'Helen, qui se plaignait de son mari. Il était obligé de voyager pour ses affaires, même durant les années de guerre, allant d'un pays à l'autre pendant de longs mois pour acheter du bois. Bill proposa qu'ils emmènent les enfants, mais Mark fit remarquer que, malgré tout son amour pour ses petits garçons, ce serait égoïste de leur part. Les enfants avaient besoin d'un environnement stable et d'un emploi du temps régulier ; de plus, ils étaient habitués à leur nounou. Mieux valait qu'ils profitent de la liberté de leur grande maison et du jardin, où ils pouvaient courir pieds nus en profitant du soleil et du bon air d'Afrique du Sud.

Elle adorait voyager, aimerait toujours découvrir des lieux inconnus et des paysages nouveaux, mais ses petits garçons lui manquaient néanmoins, et elle les bombardait de cartes postales et leur envoyait des colis remplis de beaux vêtements et de jolies chaussures. Helen aussi lui manquait ; c'était une compagne de voyage exquise, et un excellent guide, qui parlait plusieurs langues étrangères, savait quels musées visiter, quels jardins explorer et où faire les magasins. Parfois, Bill devait supporter de longs dîners ennuyeux, avec des gens qu'elle ne connaissait pas et qui parlaient de sujets auxquels elle ne comprenait rien. Elle songeait alors à Helen, qui disait : « Il est impossible. »

Même s'il l'aimait et s'assurait qu'elle eût tout ce qu'elle désirait, Mark était un homme habitué à se faire obéir – Helen l'avait prévenue. Après une longue journée de travail, il manquait de patience et pouvait s'emporter brusquement. Surtout, son mari attendait d'elle qu'elle soit prête à accepter ses étreintes à n'importe quel moment du jour ou de la nuit.

Par une chaude soirée d'été, lors d'un voyage d'affaires en Europe, elle était assise à côté de lui à l'arrière d'un taxi. Elle le contemplait de profil : un homme à présent corpulent dans son costume croisé, de vingt ans son aîné, grand, chauve, le visage illuminé par le rougeoiement du cigare cubain qu'il fumait. C'était à Londres. Ils rentraient du théâtre, où ils avaient vu une pièce de Shakespeare. Son mari appréciait Shakespeare. Elle avait sommeil – non seulement le spectacle était long, mais il faisait suite à un dîner plantureux, arrosé d'une bouteille de vin. Elle ne se souvient plus de quelle pièce il s'agissait, seulement que c'était une des tragédies où tout le monde meurt à la fin, peut-être *Hamlet*. Elle avait déjà somnolé un peu pendant la représentation, bien qu'ils aient eu d'excellents fauteuils d'orchestre.

Elle portait une robe du soir bleue, composée d'une jupe en tulle évasée et d'un bustier à sequins. Quand le taxi prit un tournant, elle fut projetée contre la poitrine de Mark. Il écrasa son cigare et commença à tripoter son bustier et à lui peloter les seins d'une main, tout en lui soulevant la jupe de l'autre. Il soufflait fort et marmonnait les mots qu'il aimait utiliser dans ces moments-là, des mots qu'il trouvait excitants, même s'ils n'auraient pas pu être plus éloignés de la vérité : « Je sais que c'est ce que tu veux, hein ? » Il glissa ses gros doigts poilus entre ses cuisses, lui écarta les jambes, tira sur son slip, explora son intimité. Puis il se hissa sur elle.

« Mais qu'est-ce que tu fais ? protesta-t-elle, stupéfaite qu'il ne fût pas capable d'attendre leur retour dans leur chambre d'hôtel.

— Tais-toi », répliqua-t-il en repoussant brutalement sa main. Il pensait peut-être qu'il avait payé assez cher pour qu'elle lui obéisse. Quoi qu'il ait eu en tête, il continua sa besogne, pris par la frénésie de son désir, la chevaucha inconfortablement en gémissant de manière embarrassante – elle était sûre que le chauffeur de taxi entendait tout, chaque coup de boutoir du membre gonflé de Mark à l'intérieur d'elle, recherchant l'assouvissement dans sa chair.

41

1946-1956

Aujourd'hui encore, alors qu'assise face à M. Parks elle écoute le bruit de la pluie, elle se souvient de sa gêne extrême et de sa peau tendre qui la picotait au contact des bras poilus et suants de Mark. Elle n'avait qu'une envie, que ça se termine, et l'avait donc encouragé.

De retour à la maison, dix-huit mois plus tard, elle pénétra avec bonheur dans le vestibule, avec son chapeau fleuri et ses longs gants, au milieu d'une mer de valises monogrammées. Les yeux levés vers l'escalier, elle appela joyeusement ses enfants. « Mark ? Phillip ? Où sont mes fils chéris ? » s'exclama-t-elle. Deux petits garçons fluets apparurent sur le palier et la regardèrent d'un air ahuri, leurs cheveux blonds, presque blancs, dans les yeux. « Venez m'embrasser, mes amours ! » lança-t-elle en ouvrant les bras, bien qu'ils eussent tant grandi qu'elle les reconnaissait à peine. Mais ils hésitèrent, comme deux oiseaux effrayés sur leurs jambes maigres. Ils la contemplaient avec méfiance, perchés en haut des marches, dans leur petit costume de marin bleu et blanc au grand col qu'elle leur avait envoyé de chez Harrods. Après dix-huit mois d'absence, ils ne semblaient plus vraiment savoir qui elle était, jusqu'à ce que la nounou au double menton, en uniforme blanc, pose les mains sur leurs épaules et les poussent en avant en leur disant d'aller dire bonjour et d'embrasser leur mère. Main dans la main, chaussés de petits souliers rouges à lacets, ils descendirent lentement et timidement l'escalier moquetté de vert. Bill eut un pincement au cœur. Lorsqu'elle se précipita pour les prendre dans ses bras, elle sentit leur petit corps raide s'écarter de son parfum inconnu, de son étreinte serrée.

Elle suivit les enfants dans leurs activités pendant toute la journée. Ils la regardaient par-dessus leur épaule comme si elle était une ombre indésirable.

La nounou, qui répondait au nom bien choisi de miss Prior, leur avait appris à faire leur prière matin et soir, agenouillés à côté de leur lit. Elle les emmenait à l'école du dimanche et leur lisait des passages de la Bible. Elle leur avait enseigné qu'il fallait aimer de la même façon toutes les créatures de Dieu, grandes ou petites. Bill se rendit compte alors que les garçons avaient embrassé la religion un peu comme on embrasse une passion.

Elle prit l'habitude de boire plusieurs bières au cours de ses déjeuners solitaires dans la salle à manger de la grande maison, pendant que les enfants étaient à l'école. Quand ils rentraient l'après-midi, ils s'enfermaient dans la grande salle d'étude vert pâle, dont un côté était occupé par un tableau noir, que leur père avait fait installer pour éviter les griffonnages sur les murs. Ils reprenaient alors leur partie d'échecs en cours. C'étaient des champions d'échecs, qui, dès leur plus jeune âge, avaient rapporté des coupes en or qu'un des domestiques disposait sur une étagère dans leur chambre, même s'ils ne les regardaient jamais. « Je te laisse la coupe en or et je prendrai la coupe en argent, avait un jour dit Phillip à un autre petit garçon moins talentueux. J'en ai déjà trop, des coupes en or. » Ils faisaient leurs devoirs assidûment et pratiquaient les instruments dont ils avaient appris à jouer. Les deux garçons avaient un don pour la musique. Mark jouait du violon et Phillip de la flûte, dans la salle d'étude, l'après-midi, sans déranger leur mère. Lorsqu'elle se réveillait en sursaut, la bouche sèche, elle les cherchait partout dans le grand jardin, les pensant dehors, pour finir par les trouver enfermés dans la salle d'étude, en train de jouer aux échecs, à plat ventre par terre, ou à une variante du bridge à deux.

« Je peux jouer avec vous ? demandait-elle timidement, appuyée contre le montant de la porte, telle une intruse.

— Mais tu ne sais pas jouer au bridge », répondaient-ils en levant distraitement les yeux vers elle. C'était vrai. Mark avait essayé de lui apprendre, mais elle n'avait jamais saisi le truc.

« Et si on faisait un pouilleux ? proposait-elle alors, pleine d'espoir.

— C'est pas drôle ! » répondaient-ils d'une seule voix en faisant la grimace. Parfois, elle avait l'impression qu'ils la regardaient d'une manière presque diabolique. Elle battait en retraite en se disant qu'ils avaient l'air contents ensemble, à se parler tout bas, à rire doucement de blagues qu'elle ne pouvait ni comprendre ni partager. Elle allait s'enfermer dans sa chambre pendant les longues soirées solitaires, en se faisant monter une bouteille de vin.

Lorsque les garçons eurent respectivement onze et neuf ans, ils supplièrent leurs parents de les envoyer en pension dans leur école religieuse. « Tous les autres sont pensionnaires, expliqua l'aîné.

— Mais je ne vais pas vous manquer ? Vous n'aurez pas le cafard loin de la maison ? » leur demanda Bill. Ils se contentèrent de la regarder d'un air interdit. « Tout le monde est pensionnaire, tous nos copains. En plus, avec toi, on ne peut pas *jouer*, expliqua Phillip de but en blanc.

— Vous me manqueriez tellement ! Vous êtes tout ce que j'ai au monde, mes chéris », dit-elle avec sincérité.

Elle fut invitée à rencontrer le directeur dans son bureau tapissé de livres. Grand et mince, M. Carnavaron portait un pull-over à col roulé sous une veste en tweed avec des pièces aux coudes, malgré la chaleur. Il avait une verrue sur le menton et un diplôme de l'université d'Oxford. Il accueillit Bill chaleureusement, serrant ses deux mains dans ses longs doigts froids comme s'il la connaissait bien. Chapeautée, gantée et couverte de bijoux, elle prit place en face de lui, et il lui sourit, révélant des dents jaunes. Il lui dit à quel point il se réjouissait de compter ses fils parmi ses élèves. Parlant avec effusion, il se pencha vers elle pour ajouter que ses garçons étaient non seulement doués pour les études, mais aussi très appliqués. « L'aîné en particulier. Il m'a raconté qu'il avait déjà lu une grande partie de l'œuvre de Rudyard Kipling ! Est-ce possible ?

— Probablement, répondit tristement Bill. Il passe son temps plongé dans les bouquins, et je sais qu'il a lu *Elle*, parce que ma sœur lui a lu le début quand il avait sept ans. »

Le directeur lui adressa un regard perplexe, et elle se demanda si elle n'avait pas confondu les auteurs. « Il est très brillant pour son âge, et tellement travailleur. Quelle chance vous avez, d'avoir deux enfants aussi gentils et sérieux, poursuivit le directeur.

— Il n'y a pas que des avantages », rétorqua-t-elle. Elle sourit, mais l'homme lui lança un regard sans expression, avant de lui demander si la fumée de la pipe la dérangeait en vidant le contenu du foyer dans le cendrier.

« Oui, en fait, ça me dérange, répondit-elle. La fumée me rend malade. » Le directeur rangea sa pipe et déclara qu'à son avis, les deux garçons tireraient grand profit de la vie régulière et de la discipline en vigueur au pensionnat, où leurs dons pourraient s'épanouir.

« Mais je les aime tant, dit Bill en serrant les mains contre sa poitrine. Je détesterais être séparée d'eux.

— Si vraiment vous les aimez et avez leur intérêt à cœur, je ne doute pas que, comme la vraie mère devant Salomon, vous comprendrez et voudrez faire ce qui sera le mieux pour eux. » Bill songea aux paroles de son mari, qui avait souligné que les enfants gagneraient peut-être à être pensionnaires, entre des mains responsables. Elle les aimait trop pour les faire souffrir de quelque manière que ce soit, aussi se sentit-elle obligée de céder. Sans crier gare, une grande distance s'était déjà creusée entre eux et elle.

Une fois les garçons en pension, cette distance ne fit que s'accroître. Un jour, pendant les vacances, alors qu'il était devenu un beau et mince jeune garçon de treize ans, aux yeux verts et à l'esprit vif, Phillip regarda sa mère et dit : « On n'a pas grand-chose en commun, si ? » Bien que ces mots cruels eussent fait pleurer Bill, elle se rendait compte qu'il avait raison. Ses fils ne s'intéressaient pas à ce qui la passionnait à leur âge : les vêtements, les fêtes ou encore le sexe opposé. Même une fois adolescents, ils ne se soucièrent guère de leur apparence.

« Je ne veux pas avoir l'air différent des autres. Sinon, ils vont se moquer de moi. Et demande au chauffeur de nous laisser au coin de la rue, pour que personne ne le voie », lui dit Mark. Qu'ils étaient étranges, ces riches et beaux enfants, de vouloir paraître pauvres et même ordinaires.

Elle commença à regretter de plus en plus le bébé qu'on lui avait arraché, la petite fille qu'elle aurait pu habiller de robes à smocks, qu'elle aurait pu coiffer, la fille de l'amour de sa vie.

Aujourd'hui elle craint que ses fils ne s'enfuient pour devenir missionnaires, ou qu'ils ne rejoignent quelque groupe révolutionnaire et ne finissent en prison. Ils la supplient toujours de faire des dons à telle ou telle organisation charitable. Entraînée par leur enthousiasme, elle a donné généreusement à plusieurs associations : pour les fleurs de Pâques, les chevaux blessés, à des orphelinats gérés par des religieux, et même à l'ANC, sans parler des coussins qu'elle a financés pour les bancs de la chapelle. Les deux garçons sont particulièrement sensibles au sort des Noirs dans un pays dirigé par un gouvernement séparatiste. Elle a peur qu'ils adhèrent au parti communiste ou à un mouvement plus violent. Surtout, comme Mark et elle ont été si souvent absents de leur vie, c'est à John, le premier, qu'est toujours allée leur affection. Leur propre père vivait à l'autre bout de la maison, partait et rentrait quand ils étaient encore ou déjà au lit, de sorte qu'ils le voyaient rarement. Le monde des affaires dans lequel il était plongé ne présentait pas d'intérêt pour eux.

Alors qu'après sa crise cardiaque, son mari reposait sur son lit de mort, dans la grande chambre de la maison de Hume Road, la bouteille d'oxygène luisant dans la faible lumière qui filtrait à travers les rideaux, John veilla près du lit, la tête courbée sous le poids du chagrin. Son visage gris reposant sur les oreillers, Mark lui dit : « Je te laisse quelque chose dans mon testament, John. Ne dépense pas tout pour tes femmes. Je compte sur toi pour veiller sur mes petits. Assure-toi qu'il ne leur arrive rien, qu'ils soient heureux et qu'ils prospèrent. » Le vieux et grand Zoulou tomba à genoux, solennellement, et promit.

42

1956

« Après tout, mes fils ont l'argent que leur père leur a légué directement, une somme qui paiera leurs études et toute autre dépense exceptionnelle, dit Bill à M. Parks, qui sirote son gin tonic. Ce sont des garçons très sérieux, qui ne s'intéressent pas beaucoup aux choses matérielles.

— Ils sont encore très jeunes et ne mesurent peut-être pas l'importance de l'argent, puisqu'ils ont toujours eu plus qu'ils n'avaient besoin. Votre mari aurait sûrement voulu que vous laissiez la plus grosse partie de sa fortune à ses enfants, répète M. Parks de son ton compassé.

— J'aimerais aussi vous laisser quelque chose à vous, monsieur Parks, en signe de ma gratitude, peut-être dix mille livres, ajoute gaiement Bill, en se souvenant des paroles de Charles. Je vous suis tellement reconnaissante de gérer ma fortune comme vous l'avez si bien fait jusqu'ici et de garder mes affaires en ordre. Vous avez été un comptable si loyal, honnête et serviable. Je suis sûre que Mark aurait été content et qu'il aurait approuvé. Je sais à quel point il estimait votre travail.

— C'est très aimable à vous, sans aucun doute, répond-il en s'illuminant. J'apprécie beaucoup. Bien sûr, nous devrons régulariser tout cela, avec les montants précis, en présence d'un notaire, vous comprenez. » M. Parks, le visage un peu rouge, accepte un deuxième verre de gin bien tassé, que Bill va lui chercher, se servant dans la carafe en cristal taillé sur le plateau d'argent au milieu du salon.

« Si tant est, bien sûr, que *vous* me surviviez », ne peut-elle s'empêcher d'ajouter, avec un petit rire, en se tournant vers lui pour lui tendre son verre. Il rit lui aussi de bon cœur. L'homme n'est donc pas complètement dénué d'humour. « Bien sûr, bien sûr, chère amie, dit-il en prenant une gorgée de gin.

— Pour ce qui est de mes héritiers, je comprends que vous pensiez à mes fils, mais il y a une autre bénéficiaire, la principale, en fait, que j'aimerais que vous m'aidiez à retrouver », dit-elle d'une voix un peu tremblante, alors qu'elle se tient devant lui. Elle a gardé ce secret si longtemps qu'il lui semble appartenir à quelqu'un d'autre, comme si ce n'était plus le sien qui était révélé à voix haute. En vérité, elle n'est même plus très sûre que tout cela soit arrivé.

« La retrouver ? Vous voulez que je retrouve quelqu'un ? » demande M. Parks, circonspect. Il lève les yeux vers Bill, semblant un peu pris de court. Elle se mord la lèvre et regarde la pièce autour d'elle, qui lui paraît soudain trop chaude.

Mais elle ajoute : « Oui, je suis sûre que vous le pourriez. J'ai le nom et le numéro de téléphone d'une personne qui l'a emmenée de chez mes tantes, à Kimberley, où je vivais à cette époque – même si ça remonte à trente ans. Vous allez devoir m'aider à découvrir le nom de l'enfant et à savoir ce qu'est devenue cette nouvelle héritière. » Elle joint les mains et attend sa réponse.

« Évidemment, je ferai tout mon possible pour vous aider », dit-il d'un ton incertain, et elle sent de la réticence dans sa voix. Il se racle la gorge nerveusement. « Qui dois-je retrouver ? »

Lui tournant le dos, elle s'approche de la fenêtre, ouvre les rideaux et écoute le bruit de la pluie. Toute la douleur et la tristesse de cette nuit-là à Kimberley lui reviennent. Elle revoit ses tantes, avec leurs effrayantes aiguilles à tricoter grises, qui l'envoient, seule avec Gladys, affronter la naissance d'un enfant dans cette chambre à l'arrière.

« Une personne à qui je veux laisser la plus grande partie de ma fortune, voyez-vous », répond-elle d'une voix plus ferme en se retournant vers M. Parks, qui la dévisage. Elle hésite, porte les mains à ses tempes et dégage ses cheveux de son visage. Elle poursuit et prononce à voix haute les mots qu'elle a tus pendant tant d'années. « Mon premier enfant, ma propre fille, un bébé qu'on m'a pris à la naissance. Je veux que vous la retrouviez et que vous fassiez en sorte qu'elle reçoive l'argent et les bijoux. J'aurais dû la rechercher il y a bien longtemps, si j'en avais eu le courage.

— Et comment pourrais-je retrouver cette jeune personne ? » demande-t-il. Elle lui rapporte l'histoire que lui a racontée Gladys et lui donne le nom de la femme qui aurait été impliquée, ainsi que son adresse et son numéro de téléphone.

« Je ferai ce que je pourrai », conclut-il.

Après le départ du comptable, elle reste assise dans la quiétude de la nuit. L'orage s'est calmé. Un silence habité a envahi les pièces vides. Le fantôme de la jeune fille qu'elle a été un jour lui apparaît très distinctement, une jeune fille si pleine d'espoir et d'attentes, qui lève la tête vers le ciel pour observer les étoiles du « chariot de feu » d'Isaac.

QUATRIÈME PARTIE

43

1958

QUAND M. Parks arrive à l'appartement ce soir-là, accompagné du notaire, personne ne répond à son coup de sonnette. La porte verte à deux battants est pourtant entrebâillée, si bien que les deux hommes entrent dans le vestibule silencieux, au parquet bien ciré, et s'arrêtent au pied de l'escalier à rampe blanche. Ils échangent un regard, mal à l'aise. M. Parks hésite sur la conduite à tenir. Il transpire un peu sous son lourd costume gris, dans l'air chaud de décembre.

« Bill, vous êtes là ? » appelle-t-il, s'essuyant le front avec un mouchoir propre. Bien qu'il n'ait jamais été intime avec son employeuse – il n'est pas persuadé qu'elle l'ait jamais vraiment apprécié –, il l'appelle Bill. Il n'obtient pas de réponse.

Il regarde le jeune notaire, qui hausse les épaules. Supposant qu'elle a une fois encore oublié le rendez-vous qu'elle a fixé, il pénètre dans le grand salon paisible, où les lourds rideaux grèges masquent l'éblouissante lumière du sud, le veld aride et nu du Transvaal, et protège la pièce de la chaleur persistante de la journée.

Il passe ensuite dans la cuisine et appelle les domestiques, mais aucun des deux ne semble présent non plus, ce qui, compte tenu du fait que la porte était ouverte, est inquiétant. Dans son dos, le notaire émet un petit bruit qui pourrait être un toussotement ou bien un rire.

« Je vous assure qu'elle m'a demandé de venir ce soir », se sent obligé d'affirmer M. Parks, voyant que l'autre commence à s'impatienter, voire à s'inquiéter un peu. Debout dans l'embrasure de la porte, le jeune homme fait tinter les pièces qu'il a dans la poche. Apparemment, il préférerait s'en aller. Sa femme vient d'avoir un bébé, et il est impatient de rentrer dîner avec sa famille.

Bill a fait traîner les choses pendant des mois, sous des prétextes variés, en disant : « Nous finirons sûrement par retrouver la fille ? »

M. Parks l'a assurée qu'il avait procédé à toutes les recherches nécessaires, avec son zèle coutumier, mais cette Mme McNulty, bien qu'elle soit encore en vie et en bonne santé, n'a pas répondu à ses différents courriers ni à ses coups de téléphone répétés. Il lui a dit que Gladys avait dû se tromper et suggéré qu'il serait peut-être plus sage d'abandonner une enquête fondée sur une preuve aussi ténue. Il lui a conseillé de revoir son testament aussi vite que possible. Il avait fait de son mieux, mais n'était pas du tout certain de finir par retrouver la fille. Bill persistait à affirmer que cette femme devait forcément savoir quelque chose. Elle refusait d'admettre la défaite. Elle comptait sur lui.

Lui qui pensait qu'elle allait malgré tout suivre ses conseils a eu la surprise d'apprendre après cela qu'elle avait quitté la ville. Gladys lui a annoncé que sa maîtresse était partie faire une longue croisière, et qui plus est avec le neveu de sa sœur, le dénommé Whit Johnson – un compagnon pas du tout convenable pour elle, de l'avis de M. Parks. Pendant tout le printemps et les mois d'hiver, il a reçu d'éclatantes cartes postales, envoyées de telle ou telle capitale européenne, dans lesquelles elle disait qu'elle passait un « séjour formidable », mais sans donner d'adresse d'expéditeur. De retour chez elle, elle a fini par répondre au téléphone, et il l'a persuadée d'accepter ce rendez-vous afin de reformuler son testament en présence du notaire, qui hésite maintenant, mal à l'aise, à l'entrée de la cuisine.

M. Parks se caresse la moustache, dans la grande pièce immaculée, dont les placards en verre et les autres surfaces étincellent. Il appelle une nouvelle fois les domestiques, mais Gladys ne se montre pas, pas plus que John, qui pourtant ne semble jamais loin de sa maîtresse et traîne toujours dans les parages, pour écouter tout ce qui se dit.

« On devrait peut-être s'en aller », suggère le notaire, toussotant de nouveau avec nervosité et passant les doigts dans son épaisse chevelure blonde. Il paraît si jeune, pense M. Parks. Mais le comptable, qui connaît bien la famille depuis de nombreuses années, a un mauvais pressentiment dans l'appartement très ordonné. Ce silence de mort l'inquiète.

« Ce n'est pas normal, dit-il en secouant la tête. Je vais voir en haut. Vous feriez mieux de m'accompagner. » Et le notaire le suit dûment dans l'escalier raide et moquetté. Les deux hommes s'arrêtent, interloqués, devant la porte ouverte de la chambre à coucher.

Bill porte son déshabillé, un kimono rouge brodé qu'elle a rapporté du Japon, il s'en souvient. Du même coup, il prend la mesure de la scène. Elle est allongée sur le dos. Ses boucles brunes et humides collent à son front. Elle a les bras le long du corps, immobiles, les pieds nus et du vernis à ongle orange aux orteils. Elle a la bouche ouverte, comme en un cri silencieux, et les yeux ouverts, sans expression. À en juger par la pâleur cireuse et l'étrangeté de son visage figé, qui semble presque appartenir à quelqu'un d'autre, il paraît évident qu'elle ne respire plus. Elle est décédée.

Il demande au notaire d'appeler un médecin puis se dirige vers la coiffeuse en acajou devant le bow-window, ouvre le tiroir et cherche le petit levier au fond. Il sort la boîte de Craven « A » de sa cachette et la soupèse, éprouvant son poids rassurant. Il l'ouvre et voit que les bijoux sont là, même le diamant jaune à la valeur inestimable, qui brille au milieu des autres pierres multicolores. Tout se met à tourner autour de lui dans la chambre obscure : le corset raffiné, en os et dentelle, dont les jarretelles se balancent encore, son jupon de soie, sa robe de mousseline de soie, jetés sur le fauteuil de chintz à côté du lit, son sac à main ouvert, posé sur la robe, et la bouteille de whisky vide sur la table de chevet.

Puis il sent que le notaire le prend par le bras et, dans un murmure, lui parle de s'asseoir. Il titube un peu et se laisse tomber dans un fauteuil, la tête dans les mains. Il prend le verre que le notaire lui apporte, et de l'eau lui dégouline sur le menton quand il boit.

Il respire profondément, dans un silence stupéfait, pendant que le notaire descend ouvrir au médecin.

Quand celui-ci entre dans la chambre, il ne peut que confirmer ce que M. Parks a constaté.

« Une femme si jeune ! s'exclame le comptable, songeant qu'elle devait bien avoir dix ans de moins que lui. Quelle est la cause du décès ? » D'un coup d'œil discret, le médecin montre la bouteille de whisky, inclinant légèrement la tête et plissant les lèvres. Il suggère de le mettre sur le compte de ce qu'il appelle « son mode de vie ». Bill est morte prématurément, comme la première femme de son employeur, du fait de l'alcool, moins de deux ans après avoir rédigé son testament.

M. Parks la revoit, assise bien droite face à lui, dans ce même splendide kimono rouge, adossée aux coussins roses, ses boucles brunes brillantes, disant : « Je vous assure que je suis en pleine forme. » Il l'entend encore affirmer en riant : « Si tant est, bien sûr, que vous me surviviez. » À cette époque, déjà, il la soupçonnait de boire beaucoup trop.

Maintenant, en tant qu'unique exécuteur testamentaire, il est obligé de convoquer la famille et de lire le testament qu'il a en sa possession, même s'il espère secrètement pouvoir restituer l'héritage aux deux garçons, qui sont d'après lui les héritiers légitimes. Tous deux sont rentrés pour les obsèques, l'un du pensionnat, l'autre de Paris où il étudie les mathématiques. M. Parks a dû dire à l'aîné qu'il lui faudrait payer lui-même son voyage de retour.

Tandis qu'il lit les clauses à la famille et aux domestiques assemblés dans le salon de l'appartement de Melrose, les sœurs et le frère de Bill, assis ensemble sur le canapé, ne semblent pas particulièrement ravis de la modeste part qui leur revient, mais Gladys et John, qui se tiennent côte à côte, empruntés, près de la porte, lui sourient, comme si c'était à lui qu'ils devaient leur bonne fortune. Whit Johnson, qui Dieu sait comment paraît avoir été au courant de la sienne, est déjà parti pour l'Europe. Les garçons, dans leurs vêtements sombres, sont assis tristement, le pauvre Phillip sur le tapis, le menton sur les genoux, adossé à la chaise de son frère. Leur vie d'étudiants demeurera inchangée. Ils lui demandent seulement s'il a retrouvé l'héritière, et qui elle peut être. Il secoue la tête, soupire, et répond qu'il n'a pas plus d'informations pour le moment.

Il procède à l'attribution des legs, exécutant les volontés de Bill telles qu'elles sont stipulées dans le testament, et, d'une manière générale, il est content de le faire. Il est assurément ravi de toucher sa part, qu'il a le sentiment d'avoir méritée. Elle lui permet d'envoyer un peu d'argent à sa fille, qui vit en Angleterre avec son mari, et d'offrir à sa femme la nouvelle voiture qui, d'après elle, sied à leur position.

Il est également très heureux de donner sa part d'héritage à Gladys, qu'elle a bien gagnée, après tout. Il a toujours apprécié et admiré la vieille dame qui, contrairement à son épouse, est aussi une bonne cuisinière et lui glissait une boîte de ses sablés ou d'autres mets quand il passait voir Bill. Il va l'aider à acheter l'une des plus belles maisons du quartier noir de Kimberley, où elle va finalement s'installer pour sa retraite. Il ne s'attend pas à recevoir de nouvelles de la domestique dévouée, même s'il lui arrive de penser à elle et de sourire avec satisfaction en imaginant qu'elle profitera de sa position élevée dans la communauté noire de Kimberley à son âge avancé.

Six mois plus tard, il décide de se rendre lui-même à Kimberley pour rencontrer cette Mme McNulty, afin de tenter une dernière fois de l'interroger en personne et de tirer l'affaire au clair. Une domestique le fait entrer. Mme McNulty le reçoit assez poliment dans son intérieur ordonné et bien astiqué, dont les meubles massifs en acajou ont des pieds en forme de pattes de lion. Elle le fait asseoir près du feu – c'est une froide journée de juillet – dans un confortable fauteuil beige aux accoudoirs recouverts de napperons, et s'installe sur le sofa face à lui. Elle envoie même Nora, sa bonne, préparer du thé.

Il lui demande si elle a reçu ses lettres. Elle répond que oui, en servant le thé dans la théière en argent, mais ajoute qu'elle n'a pas jugé utile de répondre puisqu'elle ignore tout de cette affaire. La domestique de son employeuse s'est manifestement trompée. « Quoi d'étonnant, après plus de trente ans – une femme âgée et sans doute illettrée ? » dit-elle d'un ton interrogateur, en braquant sur lui ses petits yeux noirs.

Quand il lui demande comment il se fait que son nom apparaisse dans le carnet d'adresses des tantes, et le lui montre dans la pénombre du salon calfeutré, elle tient le calepin de cuir bleu à bout de bras et feuillette rapidement les pages avec ses ongles rouges qui étincellent. Elle plisse ses épaisses lèvres pourpres et déclare qu'il y a beaucoup de noms là-dedans, et qu'il n'est pas impossible que, comme les autres, elle ait vaguement connu les tantes. Peut-être avaient-elles échangé leur numéro de téléphone ? Mon Dieu, tout cela remontait à si longtemps, comment pourrait-elle se rappeler ? Peut-être s'étaient-elles rencontrées à l'église ? Il lui semble se souvenir maintenant qu'elle a pris le thé chez elles, un jour, mais elle ne sait rien concernant un bébé. Son mariage n'a pas duré long-temps – son mari était un bon à rien – et elle n'a pas eu d'enfant.

Elle le regarde un peu de travers, en pointant son gros nez vers lui d'une manière désapprobatrice. C'est une femme très comme il faut, vêtue d'un che-misier blanc au col brodé et d'une jupe plissée grise, encore mince quoique un peu ravinée. Elle lui dit que cette histoire lui paraît extravagante : on se croi-rait dans un conte de fées. Le commerce de bébés ! Dieu du ciel ! Elle est surprise qu'un comptable intel-ligent ait écouté de telles sornettes. Elle s'étonne que quiconque puisse y ajouter foi. Qu'il tente plutôt sa chance auprès des agences d'adoption, lui suggère-t-elle, avant de se lever et de le raccompagner poli-ment mais fermement vers la porte, en marmonnant qu'elle espère ne plus être importunée à cause de cette affaire.

Les agences non plus ne peuvent pas le rensei-gner, et il ne sait pas trop quoi faire de plus.

Un jour en fin d'après-midi, il est surpris de rece-voir un coup de fil de Gladys à son cabinet alors qu'il s'apprête à rentrer chez lui auprès de sa femme.

« Je crois que je l'ai retrouvée », dit Gladys de sa vieille voix chevrotante.

Il sait aussitôt de qui elle parle. « Grand Dieu ! Vous en êtes sûre ? parvient-il seulement à bredouiller.

— Eh bien, vous en jugerez par vous-même, répond Gladys. Je vais vous l'amener. » Il est dans l'obligation de lui dire que si elle vient à son cabinet avec cette femme, il aura besoin d'une preuve indiscutable de l'identité de l'héritière.

« Bien sûr », réplique Gladys, semblant offensée, mais M. Parks n'est pas sûr du tout qu'elle sache de quoi il parle.

44

1958

Elles arrivent le lendemain après-midi et, malgré ses réticences, il est obligé de les recevoir. Sur qui la vieille domestique a-t-elle mis la main ? se demande M. Parks. Ou plutôt, quelle mystificatrice lui a-t-elle peut-être mis la main dessus ? Après les avoir fait entrer dans son bureau, de son air le plus glacial, il observe la jeune femme qui accompagne Gladys, l'examine de haut en bas, et les invite avec circonspection à prendre place dans les fauteuils de cuir face à son bureau brillant et bien rangé.

La jeune femme, une petite rousse portant une robe verte ordinaire, un simple chapeau de paille orné d'un ruban noir et de courts gants blancs avec un trou au bout d'un doigt, ne lui inspire pas une grande confiance au moment où elle s'assied, bien que son âge doive plus ou moins correspondre à celui de l'enfant. De son côté, toute de mauve vêtue, du chapeau fleuri jusqu'au bout de ses souliers, Gladys resplendit et paraît assez contente d'elle.

Elles sont apparemment venues directement de la gare en taxi, payé par Gladys, comprend-il. « Ne vous inquiétez pas, mon enfant, vous me rembourserez, j'en suis sûre », dit celle-ci quand elle s'assoit à son tour, le souffle un peu court, en rangeant son vieux portefeuille noir dans son sac de couleur crème. Puis elle fait les présentations. La jeune femme s'appelle Hannah Bloom.

Cette entrée en matière ne lui disant rien de bon, M. Parks coupe court aux préliminaires. Il se tourne vers Gladys et lui demande ce qui l'a amenée à croire qu'il s'agit bien là de la personne qu'ils cherchent. Elle, d'ordinaire si peu expansive et qu'il a toujours connue avare de mots, semble cette fois impatiente de raconter son histoire. Elle se redresse, et se tient assise bien droite devant lui. Finalement, elle ne s'était pas trompée pour ce qui était du nom dans le carnet, déclare-t-elle d'un ton triomphant.

« Vraiment ? » dit M. Parks, quelque peu dubitatif. Caressant sa moustache, il l'invite à poursuivre.

Elle lui explique qu'elle a rencontré Nora un peu par hasard. Touchant son splendide couvre-chef mauve au bord décoré d'une profusion de fleurs, elle raconte qu'elle était en train d'acheter un chapeau. Car Nora n'est pas seulement la bonne de Mme McNulty depuis des années, mais aussi la modiste du quartier noir de Kimberley. « Une bonne modiste, et pas chère », ajoute Gladys avec un petit sourire.

Quand Gladys a eu vent de ses liens avec Mme McNulty, elle a invité Nora dans sa nouvelle maison, pour prendre le thé et un verre de xérès après la messe un dimanche après-midi, rapporte-t-elle de manière un peu pompeuse, avec un geste élégant de ses mains gantées. Au fil de l'après-midi, elle a soumis la modiste à un interrogatoire serré, afin de découvrir si elle s'était oui ou non trompée sur le nom. Ignorant ce que Gladys avait en tête, Nora, après quelques réticences initiales, a confirmé l'histoire de la vente du bébé. Contrairement aux Blancs de la ville, Nora en connaissait tous les détails, proclame Gladys, à l'évidence fière de son travail de détective.

En réalité, de nombreux bébés sont passés par cette maison, a murmuré Nora dans l'intimité du salon de Gladys. M. Parks, qui n'a pourtant pas l'habitude de laisser libre cours à son imagination, se représente la scène : le salon étincelant de propreté de Gladys, où les accoudoirs des fauteuils sont protégés par des napperons blancs et où l'épaisse Bible noire trône sans nul doute en bonne place, et les deux vieilles dames de couleur, qui sirotent leur xérès d'une façon distinguée, échangeant en afrikaans des secrets de Blancs.

Alors que les deux canaris, probablement toujours appelés Paul et Gezina, même si ce n'étaient plus les mêmes, chantaient dans leur cage, Nora a expliqué que Mme McNulty, moyennant un dédommagement considérable, aidait les jeunes femmes blanches en difficulté à trouver de bons foyers pour des enfants indésirables ou faisait venir un médecin pour pratiquer l'opération nécessaire. C'était un commerce secret et lucratif. Mme McNulty jouit à présent d'une retraite confortable. Elle réclamait souvent de l'argent à la fois à la jeune femme et au couple qui voulait désespérément un enfant et n'en trouvait pas par les moyens légaux.

« C'était une femme d'affaires compétente, très organisée et minutieuse », ajoute Gladys. Nora a toujours reçu ses gages en temps et en heure. On la traitait correctement et elle avait le droit d'aller à l'église le dimanche après-midi. Elle ne voudrait pas causer de tort à sa maîtresse, a dit nerveusement Nora, et Gladys lui a promis qu'il ne serait fait aucun mal à cette femme. « Elle n'aura aucun ennui, surtout si elle finit par dire la vérité », assure M. Parks.

Tout ça est bien beau, dit-il à Gladys, mais a-t-elle la moindre preuve concrète corroborant cette histoire ? Elle lui adresse un large sourire, et ses fausses dents bien blanches étincellent. Elle y a pensé, bien sûr. Ouvrant le fermoir de son sac, elle sort un document jauni, qu'elle déplie soigneusement sur le bureau de Parks pour qu'il puisse l'examiner, et montre les signatures en bas.

« Comment avez-vous eu ça ? » demande-t-il.

Elle esquisse un sourire mystérieux et s'explique. Avec la promesse d'une généreuse récompense et le nom des trois tantes célibataires, Nora a accepté de jeter un petit coup d'œil dans le registre de sa patronne. Domestique de confiance, elle dispose de sa propre clé de la maison et connaît les habitudes de sa maîtresse. Elle savait où trouver le grand cahier à la couverture noire cartonnée, dans lequel était consigné le détail de toutes ces opérations, caché dans le tiroir du bas du secrétaire dans le salon. Et elle savait lire.

Elle n'a pas eu de mal à trouver le récépissé de la transaction concernant la jeune femme, à « l'emprunter » puis à l'apporter à Gladys. À ce moment de son récit, Gladys montre du doigt les trois premières signatures, qui paraissent bien être celles des tantes. Chacune a pris soin de signer son nom, d'une écriture appliquée et enfantine, comme si, en donnant leur consentement à cette vente, comme en toute chose, elles étaient enchaînées pour l'éternité. Les signatures de Samuel et Sarah Bloom suivaient.

M. Parks se tourne vers Hannah pour lui demander si ce sont bien les paraphes de ses parents. Elle hoche la tête et répond que cela semble le cas. Le document stipule que les soussignés acceptaient de payer deux cents livres à Mme McNulty pour une petite fille. En bas de la feuille, entre parenthèses et en petits caractères, Mme McNulty a ajouté ce qui devait être une information importante au moment de fixer le prix de cette enfant, et que M. Parks lit maintenant à haute voix.

Apparemment, les Bloom avaient perdu un petit garçon, qui était tombé de la fenêtre de leur grenier, condamnée ensuite. Il avait deux ans. Il n'était pas précisé comment il avait pu monter l'escalier et escalader la fenêtre tout seul.

« Vous étiez au courant ? » demande M. Parks à Hannah. Elle répond que non, mais que c'est peut-être vrai, ce qui expliquerait les accès de mélancolie de sa mère adoptive et aussi le papier peint à rayures bleues décoré de trains rouges de la chambre où elle avait grandi. Cela explique sans doute aussi pourquoi les Bloom n'ont pas pu avoir recours à une forme d'adoption plus conventionnelle, pense M. Parks.

Gladys lui explique que c'est grâce à ce document, sur lequel figurent la date de la transaction, ainsi que le nom et l'adresse des acheteurs, qu'elle a pu retrouver Hannah.

« Dites à M. Parks ce qui s'est passé quand je suis venue chez vous », suggère-t-elle en serrant son sac sur ses genoux.

Hannah sourit timidement à Gladys, et raconte à M. Parks qu'elle rentrait chez elle une après-midi, après une longue journée fatigante à l'école – elle enseigne l'histoire au lycée de jeunes filles de Kimberley, précise-t-elle –, chargée d'un gros paquet de copies qu'elle comptait corriger ce soir-là, quand elle a vu quelqu'un, assis sur les marches de sa véranda.

La journée était chaude et l'air sec. Elle était épuisée et découragée : elle avait un mal fou à intéresser ses élèves – un groupe particulièrement turbulent cette année – à l'histoire, une matière qu'elle a toujours trouvée passionnante. De plus, ajoute-t-elle, elle a récemment dû faire face à des dépenses imprévues, puisqu'il lui a fallu réparer la toiture de la vieille maison dont elle a hérité.

Ses parents adoptifs, des juifs originaires de Lituanie, n'ont pas pu lui léguer beaucoup d'argent pour entretenir la maison avec son petit jardin, même s'ils étaient trop scrupuleux pour lui laisser la moindre dette. Avec son misérable salaire d'enseignante, et malgré un mode de vie frugal, ses factures impayées s'accumulaient. Elle ne lui raconte pas ça pour se plaindre ou gagner sa sympathie, explique-t-elle en baissant les yeux, mais afin qu'il comprenne pourquoi elle a si mal accueilli Gladys, qui avait pourtant eu la bonté de la chercher, de venir la voir et d'attendre sur son seuil.

Elle n'était donc pas d'humeur à trouver un mendiant sur les marches de sa maison. Levant une main devant ses yeux face à la lumière éblouissante de cette fin d'après-midi, pour voir de qui il s'agissait, elle était déjà prête à envoyer promener l'importun, quel qu'il soit. Mais en s'approchant, elle s'est rendu compte que ce n'était pas du tout un mendiant. Quand Hannah sourit à Gladys, une étincelle s'allume dans ses yeux marron, que M. Parks commence à trouver presque familiers.

Il se dit que s'il s'agit bel et bien de l'héritière qu'ils cherchaient, il ferait mieux de la traiter avec une certaine déférence.

« Continuez, je vous en prie », dit-il en la gratifiant d'un petit sourire, tout en caressant sa moustache.

Elle n'avait aucune idée de ce que la vieille dame venait faire chez elle. Elle a d'abord imaginé que ce devait être quelque zélote venue prêcher pour son église ou lui vendre une revue, et dont elle aurait peut-être encore plus de mal à se débarrasser que d'une mendiante.

À mesure qu'elle approchait, elle s'est aperçue que la femme était assez âgée – Hannah fait une petite grimace d'excuse à l'intention de Gladys – en voyant des cheveux blancs échappés de son chapeau. Encore plus accablée, elle s'est dit qu'elle allait avoir beaucoup de mal à l'éconduire. Elle l'a regardée se lever avec difficulté, s'appuyant à la rampe d'une main gantée. Dans l'autre, elle tenait effectivement une grosse Bible noire et semblait assise là depuis un bon bout de temps.

Gladys l'a examinée – Hannah a senti son regard glisser sur elle comme de l'eau. En cet instant, M. Parks aussi dévisage la jeune femme, imaginant Gladys en train d'observer les courtes boucles rousses, le front couvert de taches de rousseur, les yeux marron foncé, les petites mains chargées de livres, les pieds menus dans leurs chaussures plates et poussiéreuses.

Puis Gladys lui a adressé un sourire lumineux et approbateur, comme si elle venait de trouver ce qu'elle cherchait, et déclaré qu'elle lui apportait une information importante : une heureuse nouvelle. Hannah hésitait toujours, y voyant un préambule à une imprécation religieuse. Elle n'avait envie de parler à personne ce jour-là, et surtout pas à un témoin de Jéhovah ou à quiconque viendrait lui annoncer un message miraculeux de Dieu. Mais à cause de cette lueur de reconnaissance qu'elle lisait dans les yeux de la visiteuse, comme si celle-ci la connaissait d'une manière ou d'une autre, elle s'est sentie obligée de l'inviter à entrer et de lui offrir une tasse de thé.

Gladys s'est assise à la table de la cuisine. Hannah sentait qu'elle la regardait avec curiosité, alors qu'elle mettait sa vieille bouilloire à chauffer et fouillait ses placards dégarnis à la recherche de quelques biscuits.

À ce moment de l'histoire, M. Parks se rend compte que lui aussi devrait proposer aux visiteuses ne serait-ce qu'une tasse de thé, et il envoie sa secrétaire le préparer. « Apportez-nous aussi des biscuits, ajoute-t-il.

— Je crains de ne pas avoir eu grand-chose à vous offrir, dit Hannah en souriant à Gladys.

— Oh, je n'étais pas venue pour ça », répond-elle.

Alors qu'elles étaient assises de part et d'autre de la table de la cuisine, devant une tasse de thé trop léger, avec un vieux morceau de citron déniché au fond du bac du frigo, et quelques biscuits rances, Gladys s'est présentée et lui a demandé son nom.

« Elle a voulu savoir ce que les gens qui m'avaient élevée m'avaient raconté à propos de ma naissance. Sa question m'a prise de court, mais encore une fois, je me suis dit que c'était pour des raisons religieuses puisqu'elle me parlait d'un ton si solennel. Il n'y avait aucune impertinence dans sa question. Je lui ai répondu que mes parents m'avaient seulement dit que j'étais adoptée, rien de plus. Elle m'a alors annoncé qu'elle croyait savoir qui étaient mes vrais parents, et que je devais venir vous voir avec elle. » Hannah lance à M. Parks un regard interrogateur. Elle a les yeux vifs et intelligents.

Gladys la regarde, lève une main tremblante pour lui effleurer la joue et demande à M. Parks s'il ne trouve pas qu'elle ressemble à sa mère. « Oui, en effet », admet M. Parks. Le sourire franc de la jeune femme lui rappelle Bill.

« Mais plus encore à son père, peut-être, ajoute Gladys en prenant le menton d'Hannah et en lui caressant les cheveux. Les mêmes cheveux roux, les yeux sombres. Le même sourire doux. Même la voix est identique », dit Gladys, émerveillée.

M. Parks, incapable de le confirmer puisqu'il n'a jamais rencontré Isaac, sent qu'il doit intervenir. Il déclare qu'il va de nouveau essayer de contacter Mme McNulty pour voir si elle confirmera l'histoire, et compose aussitôt le numéro. Cette fois, lorsqu'il confronte la femme à l'information qu'il détient, ce qu'il est contraint d'appeler une facture de vente portant sa signature, elle ne tente pas de l'éconduire. En apprenant qu'une considérable somme d'argent est en jeu dans cet héritage et que personne n'a l'intention de la poursuivre d'une quelconque façon, mais bien plutôt de la récompenser de fournir une information cruciale, elle finit par se souvenir des détails de ce cas et avoue le rôle très lucratif qu'elle a joué dans la transaction. Elle explique que, restée seule après que son mari l'avait abandonnée en emportant tout ce qu'elle possédait, elle avait été obligée de gagner sa vie. « Je crois que j'ai été d'une aide précieuse à quelques jeunes femmes en détresse », déclare-t-elle.

Après avoir raccroché, il se tourne vers Hannah et dit qu'il est au regret de lui annoncer que ses parents sont morts. Apparemment, son père est décédé il y a longtemps, pendant la guerre, où il combattait en Afrique du Nord, du moins d'après ce que lui ont appris les sœurs de sa mère quand il les a interrogées, mais cette dernière faisait des recherches pour la retrouver, avant sa mort, et comptait lui léguer la plus grosse part d'un patrimoine assez important.

Maintenant que l'identité d'Hannah a été dûment établie, il sert le thé à ses deux visiteuses. « Votre maîtresse vous aurait été très reconnaissante », dit-il à Gladys en lui offrant un de ses propres biscuits. Et il assure la jeune femme qu'il est tout à fait désolé de ne pas l'avoir retrouvée à temps pour la conduire auprès de sa mère.

Il contemple désormais Hannah non sans une certaine admiration, comme si, avec son petit chapeau de paille et sa robe verte ordinaire, à la jupe ample et à la taille étroite, avec ses chaussures poussiéreuses et ses gants usés, elle avait acquis un soudain éclat.

À la fin, rempli d'émotion, M. Parks lui dit que c'était certainement à elle, sa petite fille, l'enfant qu'elle avait eue dans sa jeunesse, cette enfant de l'amour, que Bill tenait le plus au monde.

REMERCIEMENTS

Une fois encore, je dois remercier mes collègues de Bennington et de Princeton, en particulier Edmund White pour la nouvelle « In a Woman's Kingdom », et Joyce Carol Oates pour son soutien et ses encouragements. Je remercie aussi Kathryn Court, mon éditrice chez Penguin, Robin Straus, mon agent, Sasha, Cybele et Brett, mes trois filles, qui ont lu et relu ces pages, et, toujours, mon cher époux, sans qui rien de tout cela n'aurait été possible.

TABLE

QUAI VOLTAIRE

CET OUVRAGE A ÉTÉ ACHEVÉ D'IMPRIMER SUR
ROTO-PAGE PAR L'IMPRIMERIE FLOCH À MAYENNE
EN JUIN 2013, POUR LE COMPTE DE QUAI VOLTAIRE
33, RUE SAINT-ANDRÉ-DES-ARTS, 75006 PARIS.

ISBN : 978-2-7103-6975-2.
Dépôt légal : août 2013.
N° d'édition : 244554. N° d'impression : 85079.

Imprimé en France